Didier Daeninckx

Petit éloge
des faits divers

Gallimard

Didier Daeninckx est né en 1949 à Saint-Denis. De 1966 à 1982, il travaille comme imprimeur dans diverses entreprises, puis comme animateur culturel avant de devenir journaliste dans plusieurs publications municipales et départementales. En 1983, il publie *Meurtres pour mémoire*, première enquête de l'inspecteur Cadin qui retrace la manifestation des Algériens en octobre 1961 et la répression policière qui fit une centaine de morts. L'année suivante paraît *Le géant inachevé* : un crime étrange perturbe la préparation du carnaval d'Hazebrouck : une jeune femme est assassinée, et le géant qu'elle confectionnait est également la cible du tueur mystérieux. *Le der des ders* a pour toile de fond la guerre de 14-18 ; Griffon, qui s'en est sorti indemne — cauchemars mis à part —, doit enquêter sur la moralité de la femme du colonel Fantin de Larsaudière... De nombreux romans noirs suivent, dont *La mort n'oublie personne* dans lequel un jeune historien se replonge dans les jours troubles de l'histoire de la Résistance ; *Lumière noire* où, à la suite d'une bavure policière à l'aéroport de Roissy, Yves Guyot découvre comment la raison d'État peut se substituer à la recherche de la vérité ; dans *Mort au premier tour*, c'est encore l'inspecteur Cadin qui enquête, au lendemain des élections municipales de mars 1977, suite à l'assassinat d'un militant écologiste sur le chantier de la centrale nucléaire de Marcheim, en Alsace... Avec *Zapping*, Didier Daeninckx propose une série de destins sur lesquels la télévision a exercé son influence, avant, pendant, après et parfois parallèlement à ses émissions. *Cannibale*, inspiré par un fait authentique, se déroule pendant l'Exposition

coloniale de 1931, tout en mettant en perspective les révoltes qui de-
vaient avoir lieu un demi-siècle plus tard, en Nouvelle-Calédonie.

Écrivain engagé, Didier Daeninckx est l'auteur de plus d'une qua-
rantaine de romans et recueils de nouvelles.

Découvrez, lisez ou relisez les livres de Didier Daeninckx :

MEURTRES POUR MÉMOIRE (Folio Policier n° 15)

LE DER DES DERS (Folio Policier n° 59)

LE GÉANT INACHEVÉ (Folio Policier n° 71)

MÉTROPOLICE (Folio Policier n° 86)

LE BOURREAU ET SON DOUBLE (Folio Policier n° 42)

PLAY-BACK (Folio Policier n° 131)

LUMIÈRE NOIRE (Folio Policier n° 65)

LE FACTEUR FATAL (Folio Policier n° 85)

UN CHÂTEAU EN BOHÊME (Folio Policier n° 84)

MORT AU PREMIER TOUR (Folio Policier n° 34)

LA MORT N'OUBLIE PERSONNE (Folio Policier n° 60)

LA REPENTIE (Folio Policier n° 203)

12, RUE MECKERT (Folio Policier n° 299)

LA ROUTE DU ROM (Folio Policier n° 375)

JE TUE IL... (Folio Policier n° 403)

NAZIS DANS LE MÉTRO (Folio Policier n° 446)

ZAPPING (Folio 2558)

EN MARGE (Folio n° 2765)

CANNIBALE (Folio n° 3290)

PASSAGES D'ENFER (Folio n° 3350)

RACONTEUR D'HISTOIRES (Folio n° 4112)

LE RETOUR D'ATAÏ (Folio n° 4329)

« J'étais destiné à devenir journaliste, et à relever l'entrefilet au niveau de la métaphysique. »

ÉMILE CHARBIER,
Histoire de mes pensées.

Un monument de papier noirci

Le fait divers est le premier monument érigé à la mémoire des victimes, même si ce n'est qu'un pauvre monument de papier noirci. Tout au long de ma carrière de journaliste localier, aux confins de la Seine-Saint-Denis, c'est la dernière page de l'hebdomadaire auquel je collaborais, réservée aux « chiens écrasés », qui me récompensait des efforts surhumains déployés pour relater les enjeux des conseils municipaux, éclairer les querelles de clocher, rendre compte de l'état d'avancement de la réfection des trottoirs ou des canalisations. Je me rendais chaque mercredi matin dans les cinq commissariats de la circonscription afin de consulter la « main courante », ce cahier ouvert jour et nuit, où les permanenciers inscrivaient en quelques lignes les effets des pulsations de la cité : accidents de la circulation, incendies, vols, agressions, tapages diurnes et nocturnes, coups et blessures. La violence ordinaire. Un seul crime en trois ans, sordide, dont je couvrirai la reconstitution. Aucun de mes articles relatant la laborieuse vie institutionnelle ne m'a jamais valu la moindre critique ou l'envoi d'une demande de droit de réponse. Je me suis par contre heurté à la censure à cause d'une petite enquête *fait diversière* menée en compagnie de Jimmy, le garde champêtre de Villepinte, commune aujourd'hui connue pour sa zone commerciale d'où sort, en kit, une bonne moitié des meubles venus du Nord qui égaient les appartements d'Île-de-France. À cette époque, c'était encore une bourgade agricole où les vaches paissaient en regardant, à défaut de trains, les Boeing qui s'arrachaient aux pistes de l'aéroport Roissy-Charles-de-Gaulle. Deux grosses fermes s'étaient spécialisées dans la production d'œufs. Des dizaines de milliers de poules pondaient du calibré en cadence dans des hangars kafkaïens. En ces temps de réglementation approximative, des bulldozers creusaient de loin en loin des fosses profondes destinées à accueillir les fientes. À la belle saison, c'est par millions que les mouches venaient profiter du don naturel de la volaille, avant de venir digérer dans le quartier des Castors, une cinquantaine de pavillons qui tiraient leur nom du fait d'avoir été construits par leurs habitants. Personne ne se souciait de leurs protestations occasionnées par la puanteur et l'invasion des insectes. En discutant avec le garde champêtre, j'avais appris incidemment que deux policiers d'Aulnay-sous-Bois, lancés à travers champs à la poursuite de désosseurs de voitures, étaient tombés dans une de ces fosses pestilentielles, et que le fourgon dans lequel on les avait lavés à grande eau n'avait pu être utilisé quinze jours d'affilée. Mon arti-

cle, titré « Les Castors n'aiment pas l'odeur du pou-
let », avait fait beaucoup pour la reconnaissance du
martyre enduré par les habitants du quartier, mais il
s'était également soldé par une interdiction de consul-
tation de la « main courante » d'une durée de six
mois.

Même si les écrivains s'en défendent le plus souvent, le fait divers est à la source de nombre d'œuvres
parmi les plus importantes. Le *Robinson Crusoé* de
Daniel Defoe a quelque chose à voir avec un naufragé
volontaire du nom d'Alexander Selkirk, Stendhal s'est
inspiré du double crime d'un séminariste, Antoine
Berthet, relaté par la *Gazette des tribunaux*, pour nourrir *Le Rouge et le Noir*, tout comme Jules Renard a
trouvé dans les journaux le modèle de son *Poil de
Carotte*. Gustave Flaubert n'a jamais voulu admettre
que le modèle d'Emma Bovary se nommait plus pro-
saïquement Delphine Couturier alors que c'est l'en-
nui qui la liait à son médecin de mari qui la poussa
vers une fiole d'arsenic, en Normandie. André Gide,
qui niait toute proximité avec la page impure des journaux, ne résiste pas à transposer un fait divers sous le
titre de *La Séquestrée de Poitiers*, avant de produire
son chef-d'œuvre, *Les faux-monnayeurs*, histoire d'un
pacte mortel entre adolescents dont tous les lecteurs
avides de sensations avaient pu suivre les péripéties
dans la presse, au début des années 1920.

S'il est rare qu'un romancier accepte de payer sa
dette au fait divers, il est exceptionnel, osons même
unique, qu'un homme de lettres lui doive l'essentiel

de sa réputation. C'est le cas de Félix Fénéon dont on réédite périodiquement les *Nouvelles en trois lignes* qu'il écrivit au jour le jour, à partir d'octobre 1905 dans *Le Matin*. Le principe était simple : raconter un instantané en une trentaine de mots maximum, en fournissant au lecteur le nom des protagonistes, le lieu de l'action tout en ménageant une chute. Et cela donne :

Des rats rongeaient les parties saillantes du chiffonnier Mauser (en français Ratier) quand on découvrit son cadavre à Saint-Ouen.

Monsieur Abel Bonnard, de Villeneuve-Saint-Georges, qui jouait au billard, s'est crevé l'œil gauche en tombant sur sa queue.

Un pauvre d'une quinzaine d'années se jette dans le canal, plaine Saint-Denis ; on lui tend une gaule, il la repousse et coule à pic.

« Aïe ! cria le rusé mangeur d'huîtres, une perle ! » Un voisin de table l'acheta 100 francs. Prix : 30 sous au bazar de Maisons-Laffitte.

Et celle-ci, qu'on a l'habitude de considérer comme la plus poétique :

C'est au cochonnet que l'apoplexie a terrassé M. André, 75 ans, de Levallois. Sa boule roulait encore qu'il n'était déjà plus.

Mais soudain, en tournant la page, une autre réalité se fait jour où l'État tient sa place :

Le bourreau est arrivé hier soir à Bougie pour y tuer ce matin le Kabyle Igoucimen Mohammed.

Cette fois, le fait divers ne s'épuise pas dans son énoncé. Je sais que les sentences de mort se prononcent au nom du peuple français, et j'ai non pas envie, mais besoin de savoir ce que l'on a fait en mon nom. Le fait divers se transforme là en incitation. Lors d'un voyage aux Nouvelles-Hébrides, un territoire autrefois administré par un condominium franco-anglais et devenu indépendant sous le nom de Vanuatu, je recherchais les traces laissées dans les mémoires par l'Exposition coloniale de 1931 au cours de laquelle plus d'une centaine de Kanak de Nouvelle-Calédonie furent exposés, à Paris, comme « hommes anthropophages ». Les archives étaient inaccessibles, détruites par un tremblement de terre, envahies par la végétation. On me mit sur la trace de M. Frouin dont le grand-père avait fondé un journal, *Le Néo-Hébridais* dont il possédait une collection complète. À la date de mai 1931, mois de l'inauguration de l'Exposition coloniale, je tombai sur un article relatant une série d'exécutions de Vietnamiens au moyen de la guillotine acheminée par mer depuis Nouméa. Ce n'était pas dit, mais les crimes qu'on leur reprochait tenaient davantage de la révolte que de la délinquance assumée. Parce que, parfois, le fait divers fait diversion. Après une enquête dans les documents disponibles, je m'appuyai sur l'article du *Néo-Hébridais* pour composer la première nouvelle qui compose ce recueil.

Un dérisoire monument de papier et d'encre érigé en mémoire de victimes innocentes.

Et si les quatre autres textes qui suivent méritent le terme d'« éloge » il faut, pour être honnête, y ajouter celui de « funèbre ».

DIDIER DAENINCKX

PRISE DE TÊTES

Après avoir contourné les îlots d'Ifira et d'Iririki, le *Lapérouse* avait dû se frayer un chemin entre les dizaines de pirogues qui convergeaient vers les docks de Port-Vila avec leurs chargements de légumes, de fruits, de poissons. Les Mélanésiens, les hanches ceintes d'un pagne, certains vêtus de leur seul étui pénien, se dressaient sur les embarcations, malgré les remous provoqués par les manœuvres du paquebot, pour tendre vers les passagers accoudés au bastingage des noix de coco, des régimes de bananes, des racines de kava, des corossols, des crabes de cocotier, des colliers de fleurs de flamboyants ou de frangipaniers. Louis Cloots se tenait à distance de la trentaine de touristes que le navire promenait depuis Sydney jusqu'aux Nouvelles-Hébrides après une escale à Nouméa, une autre à Erromango. Debout à tribord, près de la base de l'immense cheminée, son regard dérivait sur les collines d'Elluk, les plantations de la pointe de Pango qu'un trait de sable blanc séparait d'une eau bleu turquoise. Il était parti de Vaté, l'île reine, deux années plus tôt alors qu'il avait cru refaire sa vie sur ce bout de terre, ce condominium, que se partageaient, aux antipodes, la France et l'Angleterre. Tout ici était dédoublé, la langue, la religion, l'administration, le drapeau, l'école, l'hôpital, la justice. Et si l'on avait ainsi réussi à multiplier les conflits, les solutions, elles, avaient été divisées par deux. Pendant un temps, retranché derrière ses diplômes de droit et son passeport belge, il avait su jouer des inimitiés, des vieilles rancunes qui opposaient les deux résidents. Il était un habitué des réceptions du samedi, à la Résidence de France, où l'on dansait sur la musique sortie du pavillon d'un vieux gramophone, et il n'aurait manqué pour rien au monde le somptueux bal de fin d'année donné par les sujets de Sa Majesté, joyau océanique que la République n'avait jamais su égaler. On lui avait confié le soin de superviser l'immatriculation des terres de l'archipel, sous la responsabilité du tribunal mixte, l'une des rares institutions associant les deux puissances présentes aux Nouvelles-Hébrides. Des conflits opposaient les colons aux Mélanésiens depuis la prise de possession des îles, et les nouveaux propriétaires mettaient en avant les travaux d'assainissement, le défrichement, la mise en valeur des terres, le système des « boîtes à eau », l'aménagement des côtes, des ports, pour obtenir une inscription sur le registre du tribunal, ce qui équivalait à un titre de propriété. Les Mélanésiens opposaient leur seule coutume à la procédure minutieusement codifiée mise en avant par les autorités. Selon les autochtones, la terre ne pouvait appartenir définitivement à un clan, seul son usage nourricier importait, et quand une alliance prenait fin, dans un village, l'appartenance des champs revenait en discussion, et cela depuis la nuit des temps. La redistribution se faisait alors selon des critères de filiation, d'histoire, de croyance, qui donnaient naissance à des variations infinies. Louis Cloots avait fait l'effort de s'adresser à tous les chefs qui régnaient sur Vaté afin de leur expliquer les bases du droit occidental. Ils n'avaient rien voulu entendre. Très vite, dans les tribus, on s'était mis à arracher les bornes, les barrières de délimitation, pour s'opposer au regroupement des parcelles et à la création de vastes plantations qui seules permettaient l'utilisation du matériel moderne qu'on déchargeait sur le wharf. Le mouvement du paquebot, pour l'accostage, lui permit de découvrir les nouveaux entrepôts des établissements Ballande élevés sur l'emplacement même de ceux qu'un incendie avait ravagés, en 1929. C'est de là, il en était certain, de ce sinistre et de ses seize victimes, que tout était parti.

— Louis…

Son prénom crié à pleine gorge dissipa les souvenirs renaissants. Il se pencha en écarquillant les yeux pour finir par distinguer le visage de Myrtide, perdu dans la foule rassemblée près des passerelles de débarquement. Il enleva son chapeau, l'agita pour le saluer. Ils avaient passé des semaines ensemble dans la brousse, à fixer les frontières des terres de la Compagnie coloniale, que ce soit vers la pointe du Diable ou à l'intérieur, le long de la rivière Teouma. Il s'était pris d'amitié pour cet aventurier qui finissait sa vie en arpentant les quatre rues de Port-Vila, accroché plus souvent qu'à son tour au rebord des bars, Chez Reid, Deligny, à raconter ses exploits de *trader* dans cette partie de l'océan, entre Nouvelle-Guinée et Salomon, vendant des *tin meat*, des *sticks tabac*, échangeant de la vaisselle contre du coprah, des sabres d'abattis contre des statuettes d'ancêtres, puis se recyclant dans la chasse au crocodile. Il l'entendait encore, tandis qu'on lançait les amarres :

— Il faut arriver dans l'embouchure de la rivière à la nuit tombée, là où l'eau est encore salée, et couper le moteur de la pétrolette. On finit à la rame pour se poster à trois ou quatre mètres des crocos… Feu à volonté ! Ça s'envole de partout dans la mangrove, au-dessus des palétuviers, mais il ne faut pas se laisser distraire. Il y en a qui racontent qu'il faut être encore plus près, que sinon les balles n'ont pas assez de puissance, qu'elles ricochent sur la peau blindée de la bestiole… Foutaises ! Si tu vises la partie de la bête qui est en dehors de l'eau, tu perfores à tous les coups. Il faut alors se grouiller de la mettre à bord, et tu peux me croire, on n'est pas à trop d'une dizaine de bras… Les autres crocos rappliquent, attirés par l'odeur du sang, pour bouffer le congénère qui n'a pas eu de chance. Après, tu n'as plus qu'à le dépecer et bien saler la peau pour qu'elle arrive en forme en Australie. On s'en sortait bien si on pouvait en tuer trois ou quatre cents par mois. La viande, on la rejetait à la rivière, à part un morceau bien choisi de la queue. Grillé au feu de bois, ça ressemble à de la langouste…

Ils suivirent un porteur jusqu'au Burns où Louis Cloots avait réservé une chambre. Il fit une halte avant de grimper la colline pour laisser passer les deux wagons tirés par un percheron tacheté qui amenaient au port les noix de coco des plantations de Tagabé. Myrtide lui donna une claque amicale dans le dos avant de se tourner vers le *Lapérouse* d'où l'on extrayait de longues caisses de bois avec d'infinies précautions.

— Tu n'es pas venu seul cette fois… La Veuve est avec toi.

L'avocat respira profondément avant de répondre par un « oui » qu'emporta l'air relâché par ses poumons.

— Et tes quatre clients, tu les récupères à quel moment ?

— Il y en a six, maintenant. Le ministère en a ajouté deux. Des droit commun qui pourrissaient sur pied à Camp-Est, en Calédonie. Le résident ne se sent pas en mesure d'assurer leur sécurité, ici au tribunal, et d'un commun accord nous avons décidé qu'ils attendraient dans les cales du paquebot jusqu'à demain matin. D'après ce que j'ai entendu dire, la situation n'est pas très bonne… Pourtant, tout a l'air calme. Il se fait des idées ?

Ils traversèrent la voie de chemin de fer hippomobile.

— Il ne faut pas se fier aux apparences. C'est comme un marigot, il y a de petites bulles d'air qui

viennent crever à la surface, et si tu n'y fais pas attention, elles sont vite remplacées par une gueule béante
bourrée de dents acérées ! Crois-moi, Louis, ce n'est
plus le même pays que celui que tu as quitté, il y a
deux ans… La « bonne vie », la « *gud laef* », comme
ils disent, c'est fini. On vit sur une véritable pou-
drière…

— J'ai l'impression que tu beurres la tartine des
deux côtés… À Nouméa, tout est parfaitement calme.

Le porteur s'était arrêté devant une maison en bois
de deux étages dont le rez-de-chaussée abritait une
sorte de comptoir où se vendaient toutes les marchan-
dises de base. Il posa les bagages sur un banc adossé à
la façade, sous l'enseigne Burns Hotel, avant de disparaître. Un écriteau accroché au bec-de-cane avertissait
les passants que le propriétaire s'était absenté pour
quelques instants. Ils prirent place, de part et d'autre
des valises. Myrtide tendit une cigarette à l'avocat qui
l'accepta.

— Tous les planteurs sont pris à la gorge. On a
subi la sécheresse pendant deux ans, puis ce foutu cy-
clone, en février, qui a ravagé les cocoteraies des îles
du Nord. Maintenant, c'est la Bourse qui pousse à la
chute des cours. Le prix du coprah a été divisé par
quatre, celui du cacao par trois. Le coton ne vaut
même plus le cinquième de ce qu'on en donnait l'année dernière, sans compter que les caféiers ont chopé la
maladie ! Tout le monde est entre les mains des banques, et si elles décident de serrer le poing… Beaucoup de propriétaires se débarrassent de leurs ouvriers

tonkinois. La Compagnie générale, rien qu'elle, en a remis cinq cents sur le bateau…

Burns l'interrompit en posant devant sa porte close, sans ménagement, un casier rempli de bouteilles vides. Il sortit une clef de sa poche.

— Bonjour monsieur Cloots, content de vous revoir dans les parages. Si vous continuez à l'écouter, il va vous faire pleurer sur les malheurs de ses amis planteurs… Mais si je commence à vous raconter ce qui m'arrive à moi, en bout de chaîne, ce qui va couler de vos yeux, ce sont des larmes de sang ! Entrez !

Louis Cloots rejoignit sa chambre après avoir promis à Myrtide de déjeuner avec lui chez Rossi, le restaurant dont la rotonde dominait la baie. Dès qu'il fut seul, il s'allongea sur le lit avec, posé à ses côtés, l'épais dossier qu'il avait constitué pour le procès, le pourvoi en cassation puis le recours en grâce. Il savait aujourd'hui qu'il n'aurait jamais dû accepter la proposition du résident d'assurer la défense de ces Tonkinois accusés de meurtre, devant le tribunal français, qu'il lui aurait suffi de s'accrocher à ce travail de délimitation pour l'instance mixte du condominium, de prétexter de la masse des procédures en souffrance… Mais l'attrait de la nouveauté, le désir de faire résonner son verbe dans un prétoire, la certitude de marquer les esprits par la logique implacable de son raisonnement, tout cela l'avait conduit à s'engager dans une aventure d'où il ne sortait qu'amputé d'une partie de lui-même. Ce n'était pas la recherche de la vérité qui les animait. Non. Il se rendait compte qu'il avait fait

semblant d'y croire. Ils avaient eu besoin de sa cau-
tion pour garantir la légitimité d'une sentence inscrite
dans l'esprit des juges bien avant l'ouverture de la
première audience. Tout venait de là, de cet incendie criminel qui avait détruit les entrepôts Ballande,
quelques mois avant le crime qu'on reprochait à ses
clients. Il leur fallait venger les seize morts, des proches de tous ceux qui comptaient à Port-Vila, Galinie,
Mac Koy, Garrido, dont on avait retrouvé les dé-
pouilles calcinées dans les débris des docks. Le matin,
ils avaient pris leur service, après s'être alignés devant
les entrepôts, les hommes en pantalon et chemise
blanche, le casque colonial sur la tête, les femmes en
corsage et jupe immaculés. On les avait retrouvés, re-
croquevillés, réduits à l'état de cendres figées, après
l'explosion des réserves de dynamite destinée au per-
cement des routes, dans les collines. Tout avait été
projeté, à des hauteurs incroyables, plus haut encore
que les flammes dont les pointes dansantes touchaient
les nuages. On avait entendu les déflagrations jusqu'à
Mangaliu, aperçu les colonnes noires des fumées depuis Forari Bay, de l'autre côté de l'île. On racontait
qu'à un moment l'outillage s'était éparpillé dans les
airs, fourches, tenailles, pelles, marteaux, et qu'un sau-
veteur accouru sur place avait été tué quand une faucille
s'était fichée dans son dos. La montagne de cacao en-
treposée dans le dock annexe avait continué à brûler
pendant près d'une semaine, répandant sur la ville
ses effluves douceâtres qui se mêlaient à celles des ca-
davres carbonisés. Le commissaire Seagoe avait paré

au plus pressé, le combat contre l'incendie, l'organisation des secours, les soins apportés aux blessés, l'approvisionnement d'une ville soudainement privée de son comptoir le plus important. L'enquête sur l'origine du sinistre avait débuté lorsque le feu s'était apaisé au cœur du stock de cacao. Louis Cloots se souvenait des efforts déployés par le policier, de son évidente bonne volonté et, surtout, de ses limites dans un exercice aussi difficile. La seule certitude à laquelle Seagoe avait pu aboutir, c'est qu'un homme rôdait depuis la veille autour des entrepôts, et que le feu avait pris là où il avait été vu, dans une petite remise de bois d'emballage. La rumeur avait fait le reste. Le coupable ne pouvait être que tonkinois. Comme il s'avérait impossible d'en désigner un avec précision, tous devenaient suspects.

Les raisons qu'avaient les Vietnamiens de s'en prendre à la maison Ballande étaient multiples. Quand, dix ans plus tôt, le gouverneur Guyon avait autorisé le recrutement externe pour pallier le peu d'empressement des Mélanésiens à travailler dans les plantations, c'est Ballande qui s'était chargé d'ouvrir un bureau à Hanoi, d'établir des contrats, d'acheminer la main-d'œuvre sur ses bateaux de commerce. Les coolies recevaient cent francs par mois en échange d'une présence permanente sur le domaine. Le propriétaire s'engageait à nourrir, abriter, puis à assurer le rapatriement des hommes au terme des cinq ans d'engagement. De quelques centaines de paysans, en 1921, on était passé à plus de cinq mille l'année suivante.

Ces « invisibles », assignés dans les cocoteraies, représentaient maintenant près d'un tiers de la population de Vaté, et personne ne s'était rendu compte, à Port-Vila, qu'ils commençaient à prendre conscience de leur force. L'incendie avait donné une forme aux peurs naissantes.

Il reposa les feuilles qu'il s'était échiné à couvrir de caractères, des nuits entières, sur la vieille machine du tribunal français, se rappela l'euphorie procurée par la fatigue quand le travail repose sur des certitudes. Oui, cette peur était également en lui, dissimulée, embusquée, impossible à avouer. Toutes ses conclusions en étaient, il le voyait maintenant, entachées. Il demeura un long moment sans bouger, le regard fixe, perdu dans ses pensées. On frappa à la porte. Une jeune Mélanésienne vint poser sur la table, près de la fenêtre, une assiette de tuluk fumant ainsi qu'une bouteille de bière. Il détacha un morceau de pain de manioc fourré à la viande de porc, l'avala sans plaisir, puis il but à même le goulot en regardant les menuisiers qui avaient déjà monté le socle de la machine, sur la place, dans les hauteurs.

L'assassinat de Norbert Dujoint avait eu pour cadre Malo, une des dernières îles du nord de l'archipel avant les Banks. Ces quelques milliers d'hectares consacrés à la production du coprah, à la récolte du piment vert appartenaient à la Compagnie agricole et minière des Nouvelles-Hébrides qui en avait confié la gérance à Dujoint. La main-d'œuvre était composée de quelques dizaines d'indigènes venus du village d'Avunatar, et surtout de sept cents Indochinois qui habitaient dans les hangars édifiés le long de la piste menant aux quais. Les délais impartis n'avaient pas permis à Louis Cloots de se rendre sur place. D'ailleurs, aucun membre du tribunal n'avait fait le déplacement. D'après ce qu'il était parvenu à comprendre, les premiers troubles semblaient liés au conditionnement du piment vert, une nouvelle culture imposée par Dujoint lorsqu'il avait pris la direction de la plantation. Après un passage dans les séchoirs, il fallait le broyer, le mettre en sac, et les particules urticantes se diluaient dans la sueur, attaquant l'épiderme, le nez, la bouche. En moins d'une semaine, cinquante coolies s'étaient effondrés, les pupilles attaquées par le piment en suspension. Les autres avaient refusé de se rendre aux séchoirs. Ils avaient chargé quatre d'entre eux de se rendre auprès du contremaître pour obtenir l'installation de points d'eau où ils pourraient s'asperger, se débarrasser de la poudre de piment, entre deux périodes de travail. Norbert Dujoint n'était pas homme à se laisser impressionner par un mouvement d'humeur. Il avait donné l'ordre à ses aides d'arrêter les meneurs puis de les flanquer dans une tranchée couverte de tôle, bloquée par des madriers, où l'on enfermait les ouvriers récalcitrants.

Louis Cloots relut les notes qu'il avait prises lors de la déposition du gardien de cette prison de mauvaise fortune :

Le chef Dujoint a toujours été un bon administrateur. On peut simplement dire que, quelquefois, il

*était trop énergique. Sauf que là-bas, ce n'est pas
comme ici à la ville. Pas de soldats, pas de police.
Français et Anglais, c'est tout juste si on se comptait au nombre de trente. Alors la seule chose qui
vous permet de tenir, en face de la masse des Jaunes, c'est la discipline. Au moindre débordement, il
faut montrer sa force, et il arrivait au chef Dujoint
de se servir de son nerf de bœuf. C'est partout pa-
reil. S'il y a des planteurs dans cette salle, ils pour-
ront venir confirmer ce que j'avance. On les a
ensuite mis au mitard, mais une des tôles avait
rouillé. Ils l'ont pliée, et le lendemain matin, le trou
était vide ! Je parle des quatre qui sont là, en train
d'être jugés. Ils sont allés se cacher dans la forêt,
sur les pentes du pic Malo, mais on savait qu'ils re-
descendaient, une fois par semaine, pour venir
voler de la nourriture dans la cuisine du camp. On
n'a jamais réussi à les coincer, ils se ressemblent
tous, surtout la nuit... Pour punir les Tonkinois de
ne pas nous prévenir des visites des fuyards, le
chef Dujoint a décidé de retenir dix francs sur la
paye de chacun. C'est pour cette raison qu'ils l'ont
tué, à cause de l'argent.*

D'autres employés de la plantation de Malo s'étaient
succédé à la barre pour confirmer sa version des faits.
Le 25 août 1929, à la nuit tombée, Thai Hoc, Nghiep,
Xuan Vinh et Trung Lap avaient franchi les limites du
domaine. Trois d'entre eux étaient munis de leur sabre
d'abattis tandis que le quatrième, Thai Hoc, portait
un tamioc, une arme mélanésienne redoutable consti-
tuée d'une pierre qu'on a insérée dans le tronc pré-

alablement fendu d'un bouaros puis laissée en place plusieurs années, le temps que le bois l'emprisonne et fasse corps avec elle. Ils étaient occupés à répartir le contenu d'un sac de riz dans des poches plus facilement transportables quand Dujoint avait fait irruption dans la pièce, une lanterne à bout de bras, un pistolet dans l'autre main. Une minute plus tard, le contremaître était étendu sur la terre battue, le crâne défoncé par la pierre du tamioc, le corps perforé de dix coups portés par les sabres d'abattis. L'un des assaillants, Trung Lap, gisait non loin de là, la jambe brisée par l'une des trois balles que Dujoint avait eu le temps de tirer. Deux témoignages lus à la barre par l'avocat de la défense certifiaient que les quatre Tonkinois étaient venus dans le dortoir, avant de se diriger vers la cuisine, qu'ils avaient alors évoqué leur intention de se débarrasser de Dujoint. Les explications des accusés, traduites dans un français ponctué de bichlamar n'avaient pas convaincu la cour pour laquelle le complot ne faisait aucun doute. Le procureur n'avait rencontré aucune difficulté pour obtenir les quatre têtes qu'il réclamait.

Le pire pour Louis Cloots, à part le véritable cataclysme qu'avait représenté l'énoncé du verdict, avait pris la forme de serrements de mains appuyés, de sourires de connivence, de clins d'œil complices. On le remerciait ainsi partout où on le croisait dans Port-Vila, au club de tennis, au quartier Bagatelle, sur la pétrolette qui assurait la liaison avec l'îlot d'Iririki. On lui savait gré d'avoir été aussi mauvais. Personne ne voulait y voir la signature de l'incompétence, mais plutôt celle de la solidarité occidentale. Il avait fini par ne plus sortir de la maison qu'il occupait, au-dessus du lagon d'Érakor. Quelques jours plus tard, il était monté à bord de l'aviso *Regulus* que la marine avait dépêché depuis Nouméa pour conduire les condamnés dans l'enceinte fortifiée de Camp-Est, le temps d'épuiser les recours légaux.

Il s'endormit, bercé par le souvenir du roulis de la traversée vers Port-Vila, et fut réveillé par les applaudissements de la petite foule rassemblée sur la place, plus haut, pour assister aux premiers essais du mécanisme de la machine. Il était près de huit heures du soir. Myrtide devait avoir pris de l'avance en l'attendant au bar du restaurant Rossi. Il s'aspergea le visage avec l'eau tiède puisée au broc avant de descendre vers le port que barrait la masse sombre du *Lapérouse*. Deux cavaliers qui encadraient une Ford T le dépassèrent alors qu'il s'engageait dans la rue de l'église. Il dut se coller à la façade de l'épicerie du Japonais pour leur laisser le passage. Les pétarades du moteur s'atténuaient à peine quand on lui fit signe de s'approcher, depuis une encoignure.

— Monsieur l'avocat, monsieur l'avocat…

Il fit quelques pas vers l'inconnu qui l'interpellait, et il eut la surprise de découvrir le visage d'un Tonkinois faiblement éclairé par la lune. Il s'immobilisa.

— Qu'est-ce que tu me veux ? J'ai du mal à te voir… Sors de là !

L'homme hésita pendant quelques secondes avant de faire un pas vers la lumière. Cloots observa ses traits. Il eut beau chercher dans ses souvenirs, il ne le connaissait pas.

— Tu es qui ?

— Je m'appelle Ke To. J'étais sur la plantation de Malo quand tout ce malheur est arrivé…

— C'est à des jours de bateau ! Qu'est-ce que tu fais à Port-Vila ?

Il agita la tête.

— Il n'y a plus de travail avec les noix de coco, ni avec la vanille, ni avec les piments… La compagnie nous a amenés ici pour nous mettre dans le cargo qui part vers Haiphong… Il devait venir, il y a un mois déjà… Peut-être qu'il sera là la semaine prochaine, on ne sait pas…

Cloots porta une cigarette à ses lèvres sans l'allumer, pour ne pas attirer l'attention.

— Tu voulais me voir… Tu as quelque chose à me dire ?

— Oui… Tout le monde, là-bas, sait pourquoi ils ont tué le chef Dujoint. Si la justice avait fait son travail, elle aurait compris que ce n'était peut-être pas normal, mais qu'ils avaient des excuses… On n'a écouté personne, et on va les tuer, demain, parce qu'ils ont fait ce que la France aurait dû faire… Voilà la vérité.

L'avocat s'approcha.

— Je ne comprends pas… C'est quoi la vérité, exactement ?

— La vérité, c'est que Thai Hoc, celui qui portait

le tamioc avec lequel Dujoint a été tué, il avait un
frère, Nguyen…

— Je ne vois pas ce que ça change…

L'employé de la plantation de Malo serra les dents.

— Tout, ça change tout ! Trois mois avant la grève
du piment, Nguyen est allé voir Dujoint pour lui demander de respecter les engagements de la compagnie,
surtout la viande, le midi : on en a besoin pour tenir
dans le travail… Le chef avait beaucoup bu, alors qu'on
était encore le matin. Au lieu de lui répondre, Dujoint l'a frappé avec sa cravache. Nguyen ne s'est pas
laissé faire. Ils se sont battus… Les contremaîtres sont
arrivés, avec leurs gourdins. Plus personne n'a jamais
revu le frère de Thai Hoc. Ils ont dit qu'il était parti
dans la forêt, sur le pic Malo, comme les autres. Tout
le monde savait, sur la plantation, qu'ils l'avaient tué.

Cloots ferma les yeux pour essayer de faire le vide
dans son esprit, afin de permettre aux images, aux sons
du procès de défiler. Tous ceux qui se serraient dans
le box des accusés ne parlaient que vietnamien. Il lui
avait fallu faire une totale confiance à l'interprète qui
s'adressait à la cour dans ce mélange improbable de
français et de bichlamar, le créole anglais d'Océanie.
Rien de ce qu'il venait d'apprendre n'avait été débattu,
personne n'y avait fait allusion. Se pouvait-il que
Thai Hoc ait évoqué la disparition de son frère sans
que le traducteur s'en fasse l'écho ? Il fouilla dans sa
poche, prit son briquet, alluma sa cigarette en reprenant
sa marche vers le restaurant. Le Tonkinois se porta à
sa hauteur.

— Qu'est-ce que vous allez faire, monsieur l'avocat ?

Il ne lui répondit pas que tout était joué, définitivement, que seule une catastrophe encore plus grande, un tremblement de terre qui engloutirait l'île, une éruption qui la submergerait, pouvait modifier le cours de l'Histoire. Il accéléra le pas, ne laissant derrière lui qu'un nuage de fumée vite dissipé par le vent.

La plus grande partie des touristes du *Lapérouse* s'était jointe à la bonne société francophone de Vila qui se pressait dans la vaste salle et sur la terrasse courbe de chez Rossi. Les serveuses mélanésiennes sillonnaient l'espace, chargées de plats de viandes grillées, de poissons, de bocks de bière, de bouteilles de vin. Cloots eut l'impression de devoir se frayer un chemin dans une jungle de bruits, d'éclats de voix, de rires. Il se laissa tomber sur une chaise, devant une table en coin d'où l'on voyait l'étrave du paquebot. Il prit la cannette que lui tendait Myrtide. Le chasseur de crocodiles fronça les sourcils tandis qu'ils trinquaient.

— Ça n'a pas l'air d'aller ! C'est vrai que si tes clients ne t'ont pas encore payé, il serait peut-être temps de t'en inquiéter…

Il essuya le goulot avant d'y porter les lèvres.

— Je relisais le dossier avant de venir ici… J'ai vraiment le sentiment d'avoir loupé quelque chose.

— Et c'est quoi, ce « quelque chose » ?

— Je ne me suis pas assez intéressé à la victime…

Myrtide prit un morceau de calamar frit dans une coupelle.

— Le rôle d'un avocat, j'ai toujours pensé que c'était de défendre les accusés... Tu n'allais pas te traîner l'histoire de cette crapule de Dujoint, en plus !

Cloots lui prit la main alors qu'il portait la friture à sa bouche.

— Toi aussi c'est ce que tu penses, que c'était une crapule... C'est la première fois que je t'entends le dire. Tu le sais depuis combien de temps ? Tu es aussi au courant qu'il a tué le frère de Thai Hoc, hein, tu le sais ça aussi que ça explique tout ? Alors...

Myrtide se dégagea brusquement en se mettant debout.

— Je crois que tu as les nerfs à vif... Un conseil, arrête la bière et passe à quelque chose de sérieux. Accroche-toi le cœur. Tu vas en avoir besoin si tu veux tenir le coup demain matin.

Louis Cloots ne parvint pas à trouver le sommeil. Il regarda l'aube rouge sang se lever sur l'océan. Il se rasa minutieusement en évitant de croiser son regard dans la glace, avant de descendre pour se forcer à avaler un verre de café, au bar du Burns. Il lui fallait ensuite grimper une centaine de mètres jusqu'au champ de manœuvres de la milice française où, la plupart du temps, paissaient les chevaux de la garnison. Une dizaine de villas aux façades claires entouraient la pelouse. Les cases blanchies à la chaux des soldats s'étageaient ensuite, derrière un rideau de niaoulis, de banians. Il s'approcha du président du tribunal français, du procureur, du commissaire de police, du chef du service de l'Immigration, du procureur auprès du tribunal mixte, du chancelier de la Résidence de France, du chef du service de Santé, du révérend père Loubière, leur serra la main en silence avant de venir se placer près de la machine, à quelques mètres de l'escalier de bois. Plus de cent personnes, des Européens de Port-Vila, les touristes auxquels s'étaient joints quelques Mélanésiens, une dizaine d'Indochinois étaient tenus à l'écart par un cordon de gendarmes. Les condamnés, les quatre Tonkinois et les deux droit commun, avaient quitté la cale du *Lapérouse* une heure plus tôt. Ils attendaient dans une hutte édifiée à l'extrémité du terrain. Deux aides volontaires, dépêchés depuis Nouméa, vinrent chercher le premier, Xuan Vinh, dont les mains et les chevilles étaient entravées. Ils le soutinrent pour l'aider à traverser la pelouse, le révérend père cachant au condamné les bois de justice de sa masse autour de laquelle flottait sa soutane, puis ils le soulevèrent jusqu'à la guillotine. Les lèvres de Xuan Vinh effleurèrent le crucifix noir qu'on lui tendait, une seconde avant que son corps ne bascule. La tête avait à peine roulé dans le panier que le révérend père s'était précipité vers la hutte pour précéder les derniers pas du supplicié suivant. Il n'était pas encore six heures que le couperet s'était abattu par six fois.

Louis Cloots ne jugea pas utile de saluer quiconque

avant de remonter à bord du *Lapérouse*, trois jours plus tard. Juste avant l'appareillage, on apporta à bord quelques caisses de vivres frais ainsi que la dernière livraison du journal local, *Le Néo-Hébridais*. Son directeur, Gabriel Frouin, consacrait un article à l'exécution des quatre Tonkinois condamnés pour le meurtre de Malo et des deux droit commun transférés avec eux de la prison Camp-Est de Nouméa. L'avocat fit la grimace en découvrant le titre : « La guillotine sous les cocotiers » et s'obligea à lire les premières lignes du papier :

C'est la première fois, en ce 28 juillet 1931, qu'on élève la guillotine ici. Celle qui est dressée aurait servi (du moins son mécanisme et le couperet) d'après certains documents conservés à Nouméa, à exécuter le roi Louis XVI. Elle aurait également décapité Robespierre, et c'est le jour anniversaire de son exécution qu'elle fonctionne dans ce lointain archipel à 22 000 kilomètres de la place de Grève où elle s'érigeait au nom du Salut public.

Il ne ressentit pas le besoin de garder une dernière image de cette baie au creux de laquelle il avait, un temps, pensé refaire sa vie. Il se dirigea vers sa cabine tandis que le paquebot contournait l'îlot d'Iririki. Il parcourut la déclaration prononcée quelque temps plus tôt, à propos de l'Exposition coloniale qui enchantait Paris, par Paul Reynaud, le ministre des Colonies et que le journal reproduisait dans son intégralité :

Pour l'œuvre si belle de collaboration avec toutes les races de notre Empire, nos agents les plus précieux seront les colons français. Ils savent que, dans la France extérieure, les qualités professionnelles ne suffisent pas. Sur tous les points du monde, ils se souviendront que chacun d'eux est, là-bas, le soldat de son pays. Ils sauront imposer la discipline d'attitude et de parole, la cohésion, le respect de l'autorité qui font les peuples forts. Quant à l'administrateur, il n'oubliera pas que le premier de ses devoirs est de pénétrer l'âme de l'indigène et, pour cela, véritable ethnologue, d'en connaître les mœurs, les coutumes, les techniques et même la langue. Il comprendra le caractère ingrat du labeur du colon, ses inquiétudes, ses angoisses, les risques de ces cultures tropicales à rendement différé. À travers la lettre des règlements, il cherchera leur esprit. Loin de brimer, il aidera.

À chaque seconde de la traversée vers la Calédonie, ses pensées furent occupées par le souvenir de ces six hommes qui n'avaient eu droit qu'à un aller simple pour Port-Vila.

LOTO STOPPEUR

Toute la journée, à la tête de sa troupe de jeunes recrues, l'adjudant avait attaqué les bandes réfugiées sur les toits des immeubles, traqué les groupes de dealers planqués dans les caves des barres, des tours, poursuivi les insurgés au travers du labyrinthe des cités. Les émeutes urbaines de novembre 2005, après la mort de deux jeunes de Clichy-sous-Bois dans un transformateur électrique, puis l'incapacité de la police à rétablir l'ordre, avaient accéléré les réflexions de la hiérarchie militaire sur la préservation de la paix civile. Les vieux manuels parlaient d'un temps révolu, celui des manifestations débonnaires de la CGT, les rituels Bastille-Nation que venaient non moins rituellement troubler, au moment de la dispersion, quelques autonomes attardés. Aujourd'hui, on ne défonçait plus les vitrines des magasins de luxe au manche de pioche, on foutait le feu à des autobus remplis de voyageurs. Il fallait innover, élaborer de nouvelles stratégies pour répondre aux défis. À la prochaine alerte, il était clair que l'armée serait déployée. Elle devait s'y préparer,

méthodiquement. La principale décision du ministère
de la Défense avait consisté en la création, à Sissonne,
dans l'Aisne, du Centre d'entraînement en zone urbaine, le CENZUB. Deux cents hectares de champs
situés au cœur du plus vaste camp militaire de France
avaient été transformés en une ville de périphérie sensible. Une agglomération déserte, une sorte d'immense
décor de cinéma où il était possible d'expérimenter les
scénarios des futurs affrontements. Une équipe d'ar-
chitectes, épaulée par quelques historiens vénaux, des
sociologues enrégimentés, et conseillée par un spécia-
liste en jeux vidéo, avait fait ériger une cinquantaine
de bâtiments, des tours, des barres, planté une mairie
au milieu d'un pâté de maisons, un centre commercial
à la périphérie, une poste ainsi qu'une clinique d'ac-
couchement, une crèche et un commissariat. Pour
renforcer l'illusion de vivre dans le monde réel, le territoire était parsemé de panneaux publicitaires van-
tant les mêmes produits que les affiches géantes collées
dans le métro parisien. Les concepteurs prenaient soin
de passer des ordres aux fabricants de dessous féminins
pour que soit également mis à l'épreuve le désir des
troupes assaillantes. Le sonorisateur attitré des plus
grands groupes de rock avait été mis à contribution
pour concevoir une bande sonore diffusant les bruits
engendrés par les multiples activités d'une métro-
pole. Du cri de bambin en proie à une percée de dent
jusqu'au survol d'un jet à basse altitude. On avait
procédé de même pour les lumières, néons, gyropha-
res, lampadaires, et pour les odeurs que diffusaient

des vaporisateurs actionnés à leur insu par le déplacement des troupes. Des centaines de commandos prompts à juguler la guérilla urbaine étaient formés chaque mois.

L'adjudant avait choisi la carrière militaire alors que, adolescent fasciné par les exploits de Sylvester Stallone, de Bruce Willis, il s'imaginait crapahutant dans le désert irakien à la poursuite de Saddam Hussein, lors de la première guerre du Golfe. Pour son malheur, aucune guerre n'était passée à portée de sa jeunesse. Il avait espéré un moment être parachuté sur Bagdad, quand le fils Bush s'était décidé à terminer le boulot engagé par son président de père, mais le gouvernement français s'était drapé dans les plis du drapeau moral, le laissant l'arme au pied, la culasse rouillée. À Sissonne. En quinze ans de service actif, il n'avait tiré que sur des cibles. On lui demandait maintenant de conduire des régiments d'opérette armés de flash-balls dans le quadrillage d'une ville en carton-pâte, pour mener des actions factices au cours desquelles les émeutiers lançaient des cocktails Molotov dont l'essence était remplacée par de la peinture à l'eau. Ne lui restaient que ses rêves pour mener les combats sanglants que ses nerfs réclamaient.

L'adjudant rassembla ses hommes devant le commissariat. Une voiture bélier, installée par le décorateur, avait défoncé le rideau métallique. Les traces d'un incendie noircissaient la façade, la devise de la République. Il ordonna au caporal de faire le tri entre ceux qui ne portaient aucune trace des tirs ennemis et ceux dont l'uniforme était maculé d'impacts rouges, verts ou jaunes. Il estima que le pourcentage de blessés atteignait le tiers des forces engagées, ce qui correspondait à la moyenne haute pour un premier exercice. L'objectif consistait à diviser les pertes par trois au cours de la semaine. Pour cela, il fallait gagner en esprit de décision, d'initiative. Il fit marcher la troupe vers les casernements. Plus loin, sur la droite, un détachement encadrait les insurgés défaits.

Après avoir pris une douche dans son appartement situé au-dessus du mess des officiers, l'adjudant s'habilla en civil, bermuda beige, blouson bleu, baskets blanches. Il enfourcha sa moto, quitta le camp pour rejoindre la départementale en direction de Sainte-Preuve. Il avait retapé une masure près des marais de la Souche, une grange abandonnée qui lui servait de garage et de dépotoir. L'adjudant sortit du bâtiment la fourgonnette qu'il avait aménagée en camping-car avant d'y entreposer la moto. Il ne lui fallut que quelques minutes, en empruntant les chemins bombés bordant les mares, pour déboucher sur la nationale qui, de Vervins, filait vers Laon. Il la suivit à petite vitesse sur une dizaine de kilomètres, jusqu'aux faubourgs de la ville, l'œil aux aguets. Rien. Il contourna le rond-point récemment aménagé devant la station Total pour revenir sur ses pas. Il refit le trajet en sens inverse, roulant toujours au ralenti. L'occasion se présenta à hauteur de Grandlup-et-Fay. À cinquante mètres, debout devant l'abri des cars scolaires, un type agitait le pouce. L'adjudant mit son clignotant pour se ranger sur le bas-côté puis observa dans le rétroviseur l'auto-stoppeur qui courait sur la mince bande de gravier pour venir à sa hauteur. Il se pencha pour tourner la manivelle de la fenêtre.

— Vous allez où ?

— À Hirson, enfin un peu plus loin, vers les cascades de Blangy…

— Je ne pousse pas jusque-là, mais je peux vous rapprocher. Montez. Posez votre sac derrière…

Le gars avait souri en grimpant sur le marchepied.

— C'est mon jour de chance. On m'a déposé là il y a moins de cinq minutes…

— Vous venez d'où ?

— De Château-Thierry. Je travaille à l'hôpital de Verdilly. J'ai pris quatre jours pour faire la descente de l'Oise sauvage en canoë. Il paraît que c'est géant…

L'instructeur enclencha la première.

— Quatre jours ? C'est du sérieux. Vous allez jusqu'à Guise ?

— Non ! Je ne prépare pas les jeux Olympiques… Je compte rejoindre Étréaupont, ça fait déjà une trentaine de kilomètres. Si je vois que je tiens le coup, j'irai peut-être faire un tour à Marly-Gomont. Vous avez l'air de bien connaître. Vous faites du canoë ?

— J'ai beaucoup pratiqué, il y a une dizaine d'années, le rafting aussi… Depuis que j'ai découvert le parachutisme, j'ai laissé tomber tous les autres sports. Je fais du footing, de la muscu, du VTT, mais c'est pour garder la forme et être au top quand je saute…

Le passager sortit un paquet de cigarettes, en proposa une au conducteur.

— Vous fumez ?

— Non… Et si vous pouviez vous retenir… Je ne supporte pas la fumée… Ça ne vous embête pas ?

— Non…

Ils roulaient depuis un quart d'heure et approchaient de Marie-sur-Serre quand l'adjudant ralentit brusquement.

— Il y a un problème ?

— Non. J'ai tout un tas de saloperies à l'arrière. Des gravats. Je suis en train de refaire une pièce, à la maison. Il y a une petite décharge à trois cents mètres derrière les châtaigniers. Je balance tout et on repart. C'est l'affaire de cinq minutes.

Le camping-car s'engagea sur un chemin creusé d'ornières, pénétra sous les arbres pour s'arrêter près d'une clairière jonchée de détritus. L'adjudant coupa le moteur, fit le tour du véhicule pour aller ouvrir le hayon tandis que le jeune homme s'éloignait de quelques mètres, une cigarette aux lèvres. Il s'apprêtait à l'allumer quand on l'appela.

— Vous pouvez venir m'aider ?

Il s'approcha, jeta un rapide regard dans la partie aménagée de la fourgonnette. Une banquette recouverte d'un Flokatis, des placards, un frigo, un réchaud…

— Mais il n'y a rien… Vous avez déjà tout…

Il n'eut pas le temps de terminer sa phrase. Le militaire s'était jeté sur lui, lui avait pris le cou en étau dans son bras droit replié tandis que la lame d'un couteau se posait sur sa gorge. Il sentait le souffle oppressé de son agresseur dans ses cheveux.

— Qu'est-ce que vous faites ! Vous êtes fou…

— Tu la fermes et tu fais exactement ce que je te dis. Au moindre écart, je te plante, Compris ?

— Oui, j'ai compris…

— Tu vas monter doucement en espaçant bien chacun de tes gestes, comme si tu fonctionnais au ralenti. Ensuite, tu t'allonges sur le lit, à plat ventre, les mains sur la tête…

Il s'exécuta. Une forte odeur de chien imprégnait la couverture grecque. Il eut un sursaut quand l'adjudant se saisit de ses poignets qu'il enserra dans des menottes. Le genou posé au creux de ses reins l'empêcha de tenter la moindre riposte. Puis ce fut au tour de ses jambes d'être entravées par une chaîne dans les anneaux de laquelle l'adjudant passa un cadenas. Il se mit à hurler quand l'autre glissa ses mains sous son ventre pour libérer la boucle du ceinturon, ouvrir la fermeture Éclair du pantalon pour le ramener sur ses chevilles. Le slip avait suivi.

— Arrêtez ! Qu'est-ce que je vous ai fait ! Arrêtez, je vous dis ! J'ai un peu d'argent dans mon portefeuille…

— Je me fous de ton fric. Tu peux crier autant que tu veux, personne ne vient jamais ici… Et ne me regarde pas !

Il ne s'était rien passé pendant quelques minutes, juste des halètements, dans son dos. À un moment, l'adjudant s'était couché près de lui avant de se rap-

procher, de le caresser, de le chevaucher. Il s'était mis
à hurler, à se débattre jusqu'à ce que les mains se resser-
rent autour de son cou. Une étreinte de fer. L'homme
avait collé ses lèvres près de son oreille, sa voix était
devenue rauque :

— J'aime bien quand tu résistes… J'ai tout mon
temps, vas-y, fatigue-toi, ça m'excite… C'est quoi ton
prénom ?

Il avait fini par le lui dire en pleurant : « Mickaël ».
L'adjudant l'avait possédé une fois, puis il s'était blotti
contre sa victime en geignant, en lui demandant par-
don. Ensuite, il avait disparu pendant une heure. À
son retour, le calvaire de l'auto-stoppeur avait recom-
mencé. Viol, coups, utilisation d'instruments. La nuit
tombait quand l'adjudant, lassé, épuisé, avait saisi une
cordelette posée sur une étagère du placard, sous
l'évier. Le lien était rentré dans la chair, à hauteur de
la pomme d'Adam. Mickaël ne s'était pratiquement
pas débattu, comme s'il acceptait la mort. L'adjudant
libéra le cadavre de ses chaînes avant de le faire glisser
à terre. Il prit une pelle pliante posée près de la roue
de secours et entreprit de creuser une tombe près
d'un roncier alors que le ciel se constellait d'étoiles.
Une fois le corps enfoui, il disposa du bois mort, des
feuilles mortes sur la terre remuée, de la même manière que les commandos spéciaux dissimulent leur
parachute après avoir été largués en territoire ennemi.
Il prit le temps de tout inspecter, de secouer le tapis
grec, d'effacer les empreintes sur la carrosserie du véhicule, il vint s'asseoir au volant. Contrairement à

l'habitude, le moteur ne démarra pas à la première tentative. Il tenta de le relancer à trois reprises, sans plus de succès. Il patienta quelques minutes avant de recommencer, le temps que l'essence se volatilise dans le carburateur. La mécanique refusait toujours de se mettre en marche. Il manœuvra la commande intérieure d'ouverture du capot, prit sa lampe torche dans le vide-poche, la trousse à outils sous le siège où avait pris place l'auto-stoppeur, quelques heures plus tôt. L'adjudant démonta les bougies une à une, régla l'écartement des électrodes, les nettoya à la brosse métallique, avant de les remettre en place. Sans plus de résultat. Il vérifia la tête de Delco, essuya minutieusement le réseau de fils électriques, essayant de faire partir le moteur entre chacune des opérations. Une heure plus tard, il avait acquis la conviction que la panne venait du condensateur, mais la batterie, trop sollicitée, commençait à donner des signes de faiblesse. Le clocher de l'église de Marie-sur-Serre égrenait les douze coups de minuit quand il se décida à remonter à pied le chemin de terre pour rejoindre la nationale alors que la pluie se mettait à tomber. Il vint se placer à l'amorce d'une courbe pour être dans le faisceau des phares des voitures qui descendaient sur Laon. Des dizaines de voitures, de camions l'inondèrent de lumière, de bruit, d'air, projetant son ombre démesurée et mouvante sur le talus, sans même ralentir. Sauf deux ou trois qui faisaient semblant de s'arrêter avant de repartir dès qu'il rejoignait le véhicule en courant. Il imaginait les rires des occupants, bien au sec, et sa

main se refermait sur le cran d'arrêt au fond de la poche
de son blouson. Il ne s'était pas précipité, quand une
berline noire s'était rangée sur le bas-côté, s'attendant
à la voir s'éloigner, mais il n'en fut rien. Un homme
d'une trentaine d'années tourna la tête vers lui tandis
que la vitre électrique glissait dans ses rails, libérant
un flot de musique tsigane.

— Vous allez où ?

— À Laon.

— C'est sur ma route. Montez.

L'adjudant pénétra dans l'habitacle, s'assit dans le
fauteuil plein cuir.

— Merci. Je commençais à me dire que j'allais passer la nuit sur le bord de la route…

Le conducteur prit un paquet de cigarettes posé sur
le tableau de bord, poussa l'allume-cigare dans son logement.

— Vous fumez ?

— Non…

Il porta le métal incandescent au contact du tabac.

— Les gens ne sont pas très chauds pour s'arrêter,
surtout dès que la nuit est tombée. Il faut les comprendre, avec tout ce qui se passe…

L'adjudant se racla la gorge, fut pris d'une subite
quinte de toux.

— C'est la fumée qui vous gêne ?

— Non… J'ai dû prendre froid. Je suis trempé…

— Vous venez de loin ?

Il ne fallait pas donner la moindre indication,
brouiller les pistes pour préserver l'avenir.

— De Guise. J'ai eu une voiture directe jusqu'à l'embranchement de la nationale…

Le chauffeur baissa sa vitre pour éjecter son mégot.

— J'y suis allé une fois, à Guise, avec ma femme. Pour visiter le familistère des usines Godin. Celui des poêles. Vous connaissez ?

— Non. J'étais juste de passage.

— Si vous y retournez, ça vaut le détour. Un patron comme on n'en fait plus : il avait fait construire l'immeuble pour loger ses ouvriers. Un bâtiment avec une cour intérieure, sous verrière, des coursives comme sur un paquebot. Et tous les services à proximité : lavoir, crèche, école, commerces. Il y a plus d'un siècle… Je ne vous dirai pas que j'aimerais y habiter, ça non. Voir les mêmes têtes à l'atelier, chez l'épicier, à la maison… Mais quand on se souvient de ce qu'était la condition des ouvriers à l'époque, on se dit que c'était un précurseur…

Il avait continué d'énumérer les mérites du familistère pendant cinq minutes jusqu'à ce qu'il soit interrompu par des mouvements incontrôlables de la voiture.

— Qu'est-ce qui se passe ?

— Je ne sais pas… J'ai l'impression qu'il y a un problème dans la direction ou que j'ai crevé… En plus elle sort du garage, pour la révision des trente mille kilomètres.

Il décéléra progressivement pour venir se réfugier sur une aire occupée par des remorques détachées, comme abandonnées. Il descendit, fit le tour de la

berline en tapant du pied sur les pneus pour en vérifier la bonne tenue.

— C'est à l'arrière droit… On a dû rouler sur une
saloperie…

Il commença à sortir la roue de secours du coffre
tandis que l'adjudant restait assis, profitant du moment
pour réfléchir à ce qu'il devait faire. Pas question de
demander à une dépanneuse de remorquer le camping-car, ni de faire venir un mécanicien sur place…
Il allait dormir au Formule 1 de la zone commerciale,
acheter un condensateur, une batterie dès l'ouverture
du magasin Feu Vert avant de prendre le car qui le
déposerait sur la place de Marie-sur-Serre. Il ne lui
resterait plus qu'un bon kilomètre de marche à travers
les champs pour retrouver la clairière. Il en était là de
ses pensées quand le conducteur éleva la voix :

— Vous pouvez venir m'aider à replacer la roue, je
n'y vois pas grand-chose…

L'adjudant se décolla de son siège et s'aperçut,
alors qu'il allait claquer la portière, que son cran d'arrêt était tombé de sa poche. Il le ramassa discrètement
puis vint s'agenouiller devant le moyeu débarrassé du
pneu crevé. Il saisit la roue de secours, la présenta à
bout de bras vers les boulons.

— Il ne faut pas chercher à tous les rentrer d'un
coup… La méthode, c'est d'en accrocher un, vers le
haut, puis de soulever légèrement pour en trouver un
deuxième. Voilà, c'est aussi simple que ça ! Passez-
moi les écrous…

Le dernier mot flottait encore dans l'air quand

l'adjudant reçut un violent coup à la base du crâne. Il reprit ses esprits, un quart d'heure plus tard, pour s'apercevoir qu'il était nu, bâillonné, ligoté et allongé sur une grossière table de bois dans ce qui devait être une cabane de pêcheur. Il respira profondément, perçut l'odeur fade des marais. Il souleva la tête, malgré les élancements, pour découvrir ce qui l'entourait et qui baignait dans une lumière jaune dispensée par le brûleur d'une lampe de camping. Le conducteur se tenait près de la porte. Il avait passé une blouse blanche sur son costume et, de ses mains gantées de latex, il sortait un à un les instruments contenus dans une trousse de chirurgien. La terreur fit s'écarquiller les yeux du militaire. Au cours des cinq dernières années, on avait retrouvé dans la région les corps mutilés de trois personnes enlevées dans le triangle formé par les villes de Reims, Compiègne et Saint-Quentin. Des crimes que certains journalistes peu scrupuleux lui attribuaient. Il comprit qu'il était entre les mains du Légiste et que commençait, pour lui, une nuit terriblement longue.

JE TOUCHE DU BOIS...

Montreuil n'avait pas changé, en cinq ans. En tout cas, beaucoup moins que moi. Un océan de baraques toutes plus tordues les unes que les autres, des centaines de cheminées d'usines comme des mâts de navires, le tout posé sur un ciel aussi bas que gris. J'avais relevé le col de ma veste en descendant du tram brinquebalant qui s'était arrêté près de la barrière d'octroi. Je m'étais approché du bastion pour allumer la dernière gauloise du paquet cantiné aux Baumettes, seul souvenir d'un séjour prolongé à Marseille. L'emballage bleu, avec son casque ailé chiffonné, avait rejoint le caniveau avant d'être emporté par l'eau claire qui venait d'être libérée par la clef d'un cantonnier. L'usine se trouvait à dix minutes de là, vers Saint-Mandé, en suivant l'emprise des fortifs. J'avais fait une halte au comptoir d'un troquet qui portait l'enseigne la plus mensongère inventée par un vendeur de limonade : « Le soleil brille pour tout le monde ». À voir la gueule du patron, on se disait que même lui n'y croyait plus. Avec le café, j'avais repris un paquet

de clopes, pour tenir la matinée. Il fallait encore dé-
passer le dépôt des tramways, longer des façades au
garde-à-vous, laisser le portique du chantier des bois
réservé à la livraison des grumes, des billons, pour ac-
céder enfin à la grille de filtrage des ouvriers. Un type
qui devait avoir oublié jusqu'au souvenir du mot *sourire* avait vérifié une liste de noms sur un registre,
m'avait tendu une fiche cartonnée marronnasse qu'il
fallait introduire dans la fente de la pointeuse avant
d'en abaisser le levier. Bienvenue à la Société parisienne de tranchage et déroulage ! Ensuite un contremaître s'était chargé de me conduire jusqu'à mon poste
de travail, aux étuves. Le seul avantage, en cette saison,
c'est qu'il y faisait bon. Mon boulot consistait à sur-
veiller le tapis roulant qui amenait les billons à proximité des échaudoirs, à faire en sorte qu'ils restent sur
le rail, puis de les accompagner, avec une longue gaffe
terminée par une pique et un crochet jusque dans
le bain où ils s'amollissaient, se dessévaient. Dans un
deuxième temps, il s'agissait de prélever les sections
de troncs qui avaient suffisamment macéré, de les accrocher aux chaînes du pont roulant qui les amenait
près des trancheuses, des dérouleuses. C'était le plus
dur, les reins en prenaient un coup à hisser du quintal.
Une fois débitées, les lamelles de bubinga, de courba-
ril, de padouk, de tulipier, de zebrano allaient sécher
sur les clayettes, aux étages. Il ne restait plus aux pro-
fessionnels des niveaux supérieurs qu'à marier les dif-
férentes essences pour composer les cent références de
placages dont s'enorgueillissait le catalogue de la SPTD.

J'avais fait le compte, à la sirène de midi : c'est tout juste si j'avais réussi à grappiller dix minutes pour aller tirer sur un mégot. Tout le monde se dirigeait vers un hangar qui servait de cantine pour faire chauffer les gamelles. Aussi appétissant que le réfectoire de la taule… Je préférais prendre l'air, m'acheter un cornet de frites et des boulettes chez Binoclard, une guinguette déglinguée plantée sur un terrain vague. Un ouvrier, une large casquette posée sur le crâne, m'avait abordé alors que je déambulais en lisière de Paname tout en mangeant avec mes doigts.

— Salut… Je ne voudrais pas te déranger, mais je bosse au tranchage à froid, sur les érables, les sycomores, tous les bois qui ne baignent pas pour qu'ils restent bien blancs… Je t'ai vu passer, ce matin, à la pointeuse… Tu étais de la bande à Jules Dekonnecker, celui qu'on surnommait le Belge ?

J'ai profité de ce que j'avais la bouche pleine pour ne pas répondre immédiatement. Il a pris ça pour de la méfiance.

— J'étais au tribunal, je suis son frangin. Ce n'est pas un traquenard…

À le regarder de plus près, il y avait en effet un air de famille.

— Écoute, je viens d'effacer cinq ans. Tout est plié, je n'ai plus envie d'en parler. Ce boulot, c'est tout ce que j'ai, tu comprends ?

Il a hoché la tête en réajustant sa gapette. J'ai repris un morceau de viande.

— Je ne dirai rien, tu peux avoir confiance. Comme

il est mort, je voulais simplement savoir s'il t'avait dit des choses que je ne savais pas…

Les boulettes ont tout de suite attrapé un drôle de goût de cadavre. J'ai attendu qu'il s'éloigne pour tout cracher dans l'herbe puis j'ai balancé le cornet huileux vers un chien galeux au pelage jaune. Je suis allé m'asseoir un peu plus loin et j'ai pris l'article du *Petit Parisien* que je conservais précieusement dans mon portefeuille. Sous le titre, « Procès du gang des faux curés », figurait une caricature qui nous représentait assez fidèlement, Jules, Élise et moi, lors de notre passage devant la treizième chambre correctionnelle. Je relus le papier, pour la centième fois :

Deux petits malins ont échoué hier dans le box. Jules Dekonnecker et Gabriel Plisson font partie d'un gang de faux curés qui sévissait, il y a trois ans en Belgique, au Luxembourg, puis qui s'est attaqué à la France. À demi chauves tous les deux, ils ont les mêmes yeux lourds, le même maintien faussement grave qui convenait à leurs fonctions supposées. Une dame, Élise Chevrignard, les accompagnait dans le rôle de la bonne du curé ! Ils avaient loué une soutane qu'ils se repassaient suivant les circonstances. Plisson étant plus mince, il suffisait de déplacer quelques boutons. Cette fois-ci, ils avaient jeté leur dévolu sur l'église Saint-André de Montreuil-sous-Bois. Dekonnecker y avait donné rendez-vous à un banquier alléché par une possible bonne affaire. Le faux curé prétendait être chargé d'exaucer le vœu d'une pieuse dévote qui avait décidé de consacrer sa fortune à l'achat d'une

*« maison de retraite destinée aux abbés de France ».
Mais au moment de conclure, une petite difficulté
avait surgi : le « curé » de Saint-André ne disposait
que des lingots d'or amassés par la dévote ! Il fallait obtenir de l'argent liquide en échange. Le banquier, mis en confiance par la solennité des lieux,
s'exécutait. Il revenait, comptait les billets, puis
Dekonnecker se levait pour aller chercher la cas-
sette bien à l'abri dans la sacristie. Il s'esquivait en
fait par une porte menant dans la rue, grimpait
dans une voiture conduite par Plisson qui disparais-
sait avec les millions du banquier trop croyant. Neuf
ans de prison pour Dekonnecker, six pour Plisson
et relaxe pour la femme Chevrignard, madone des
faux curés.*

La semaine suivante, alors qu'on entamait la
deuxième quinzaine d'octobre, il y eut une sorte de
retour d'été, et je mis à profit la coupure du midi
pour chercher une piaule dans le quartier, histoire de
m'éviter de traverser Paris deux fois par jour. J'avais
délaissé la rue de Lagny, ainsi que les adjacentes, pour
garder assez de distance entre l'usine et moi, arpentant les environs de la fabrique de papier peint
Dumas, de la scierie Guyot, de la ferblanterie Ollier.
Je ne croisais que des regards qui ressemblaient au
mien. Un jour, j'avais poussé jusqu'à l'ancienne rue
des Batailles alors que l'orage menaçait, pour visiter
une chambre. Trop petite. Je m'apprêtais à rebrousser
chemin quand l'apparition d'une princesse m'avait
cloué sur place. Une vraie princesse, semblable à celle

que l'on voit dans les livres de contes, robe à corolle, taille de guêpe, seins pigeonnants, épaules satinées, cou gracile, boucles blondes en cascade, bouche écarlate, yeux où le vert se perd dans le bleu, fossettes creusant les joues. Elle s'est également immobilisée en me voyant, m'a souri. C'était tellement inattendu que je me suis retourné pour voir si elle ne s'adressait pas à quelqu'un d'autre. Personne. Nous étions seuls dans la rue, avec nos ombres. Elle a insisté. J'ai fini par traverser en me disant que le mirage allait s'estomper. J'ai compris en respirant son parfum qu'il n'en serait rien. J'ai fourré ma casquette dans ma poche.

— Bonjour… Vous avez besoin de quelque chose ?

Elle a baissé la tête, un doigt pointé sur le bas de sa robe.

— Je crois que j'ai coincé le talon de ma bottine dans la grille de la plaque d'égout… Je n'arrive pas à le retirer et, avec ces robes, on n'arrive pas à se baisser…

Elle avait le même accent chantant, arrondi, que les soldats russes au côté desquels j'avais combattu, dix ans plus tôt, sur le front de Champagne. Je me suis mis à genoux tandis qu'elle soulevait légèrement ses jupons superposés, découvrant une paire de bottes lacées qui montaient jusqu'à la moitié du mollet. J'ai délicatement saisi la chaussure prisonnière, dans l'onde de chaleur de l'inconnue, je lui ai imprimé une torsion en direction de la droite tout en tirant vers le haut. C'est tout juste si la fonte a raclé l'habillage de cuir. Je me suis relevé tout en essuyant la poussière sur mon pantalon.

— Je vous remercie, monsieur…

— Gabriel Plisson, à votre service… Je peux vous poser une question ?

— Oui, bien sûr…

— Vous pouvez me dire ce que fait une princesse russe dans le bas Montreuil ?

Elle avait éclaté de rire.

— Aujourd'hui, les princesses russes doivent gagner leur vie ! Je travaille ici… Merci encore…

C'est seulement quand elle avait montré les bâtiments, d'un balancement de la main, que j'avais pris la peine de lire l'inscription, sur le mur : « Société anonyme des films Albatros » qu'accompagnait le dessin d'un oiseau planant au-dessus des flots. Presque aussitôt, il s'était mis à pleuvoir, et la jeune femme avait disparu vers une sorte de hangar vitré avant que j'aie eu le temps de lui demander son nom. Au lieu de filer vers le tranchage et le déroulage, je suis retourné voir la logeuse pour lui annoncer que je venais de changer d'avis : même petite, la fenêtre de ma future chambre, au premier étage du pavillon, ouvrait sur le jardin de l'inconnue. Je pouvais emménager dès le surlendemain. J'avais couru sous la pluie, pour essayer de rattraper le temps, mais la pointeuse ne s'était pas donné la peine de tenir compte de mes efforts. Louboutin, le contremaître, se tenait en embuscade derrière la porte du local où les femmes de ménage rangeaient leurs seaux, leurs balais. Il m'avait barré la route quand j'avais voulu filer vers les étuves.

— Alors Plisson, qu'est-ce qui se passe ? On est allé prier à Saint-André ?

J'ai immédiatement compris que le Dekonnecker du placage n'était pas de la trempe de son frère.

— Je suis viré, c'est ça ?

— Non… Tu bosses plutôt bien, tu apprends vite. On a besoin de gars comme toi ici… Il n'en reste pas moins que dix minutes, c'est dix minutes…

Je me suis mis sur mes gardes quand il a posé sa main sur mon épaule.

— Je sais d'où tu viens, mais ce n'est pas un problème… J'ai remarqué que tu avais le contact facile… Moi, ils me tiennent à l'écart. Ce que je te demande, c'est de me dire ce qui mijote dans leur tête. Pas plus…

Il m'a arrêté quand j'ai fait mine de passer.

— Oh, pas si vite, j'attends une réponse…

Aux Baumettes, il ne se passait pas une journée sans que je sois confronté à ce genre de situation, j'avais le mode d'emploi. J'ai esquissé une grimace de dur en direction de Louboutin.

— Dès que je ramasse quelque chose d'intéressant, chef, je vous mets au courant…

Le soir, je n'avais pas eu le courage de prendre le tram, le métro. J'habitais déjà ailleurs. En attendant, je m'étais installé au Grand Bouillon populaire, un hôtel de la porte de Montreuil où j'avais avalé une blanquette avant de filer à L'Alhambra, le music-hall américain de la rue de Vincennes. La foule des grands soirs piétinait sur le trottoir sous un nuage bleuté formé par le souffle des centaines de fumeurs. Un calicot tendu au fronton annonçait *Les Nuits de Chicago* avec George Bancroft que l'on voyait brandir un revolver depuis une fenêtre, au dernier étage d'un gratte-ciel. Installé à la première rangée du balcon, je regardais distraitement le programme de la première partie, une histoire d'héritage tournée devant des toiles peintes qui frémissaient au moindre courant d'air, lorsque le visage de la princesse au pied prisonnier occupa tout l'écran. Je me redressai sur mon siège quand, au moyen d'un imperceptible effet de caméra, il ne subsista que ses yeux, son regard immense que les larmes envahissaient. Je suivis avec passion le dénouement de l'intrigue, le rétablissement dans ses droits de la jeune fille flouée, même si le final, son union avec un bellâtre gominé, ne rendait pas justice à la beauté de l'actrice. Perdu dans mes pensées, je ne m'intéressai tout d'abord pas au film de gangsters qui suivait, mais la force des images finit par capter mon esprit : j'étais comme transporté aux côtés du héros traqué, solitaire, prêt à lui offrir le rempart de mon corps contre les assauts effrénés de la meute des policiers.

Pas de relance, au boulot, de la part de Louboutin. Il se bornait à me faire un clin d'œil quand nous nous croisions le long des tas de grumes. J'ai occupé le dimanche à déménager mes quelques affaires dans la piaule de la rue des Batailles, puis à traîner entre les étals du marché aux Puces à la recherche d'un peu de vaisselle, de linge, pour m'installer. En discutant avec ma logeuse, Mme Hémard, j'ai appris qu'elle était une cousine des anciens propriétaires.

— Ce sont les frères Pathé qui ont acheté, ceux des Actualités… La grande construction vitrée où ils font leurs films n'existait pas. À la place, c'était une distillerie, pour les alcools blancs. Ils ont seulement gardé les anciennes écuries, au fond, à droite, qu'ils ont transformées en loges, pour les comédiens… Toutes les grandes vedettes sont passées là, le pauvre Max Linder, Signoret, Georges Vinter, Berthe Dagmar… Depuis que les Russes ont repris, je ne connais presque plus personne, à part Charles Vanel.

À la nuit tombée, je me suis accoudé à la fenêtre, une cigarette aux lèvres. Le gardien, un colosse habillé d'une chemise de moujik serrée à la taille par une large ceinture de cuir, promenait un chien assorti à son envergure dans les jardins, le dépôt où étaient remisés les fragments de décors inutilisés. Plus tard, j'ai vu leurs silhouettes aller et venir derrière les vitres de la halle. Tout au long de la semaine suivante, je me suis arrangé pour tenter de croiser le chemin de Natalia Livanko dont j'avais pu lire le nom sur le générique en retournant voir le film projeté en complément de programme des *Nuits de Chicago*. En vain. J'ai fini par forcer la chance en entrant dans le périmètre des studios grâce à des figurants rencontrés au zinc de La Civette des Longs-Quartiers, pendant ma pause du midi, et avec lesquels j'avais sympathisé. Celui qui dirigeait le groupe m'avait payé un pousse-café.

— Viens avec nous ! On doit jouer un groupe de

mousquetaires du roi qui se battent en duel avec les hommes de Richelieu. Normalement, la production voulait qu'on soit douze, mais deux comédiens sont retenus par des matinées, au théâtre. On dira que tu es de la troupe. Ce n'est pas bien difficile. Tu te déguises, tu fais semblant de savoir manier l'épée, et tu te tortilles en te tenant le ventre si le metteur en scène décide que tu dois mourir.

J'ai passé une bonne partie de l'après-midi à me battre en duel, à rendre l'âme, à ressusciter, puis un Russe est venu nous demander de nous habiller en légionnaires romains pour accompagner Jésus sur le chemin du calvaire. J'ai abandonné la cape, la collerette pour la cuirasse segmentée et le bouclier hémicylindrique. Je suis tombé sur Natalia à la dernière station, au pied de la Croix, où elle incarnait Marie-Madeleine. Elle m'a reconnu au moment où je pointais ma lance pour transpercer le flanc du Christ, ce qui fait que j'ai retenu mon geste. Le metteur en scène s'est mis à hurler en russe, à me traiter d'incapable, j'imagine, tandis que Jésus profitait de l'interruption du tournage pour aller boire un thé. La deuxième prise a été la bonne, et le régisseur est venu me dire que ma présence n'était pas nécessaire pendant la crucifixion. Natalia s'est approchée de moi, rieuse, alors que je me promenais toujours les jambes à l'air, en jupette romaine.

— L'uniforme vous va très bien, monsieur mon sauveur… J'ignorais que vous faisiez partie de l'équipe d'Albatros…

Je me suis mis à l'abri derrière un fragment de colonne en staff.

— Non, je suis là par hasard. J'ai fait une infidélité à mon patron... Je vous ai vue dans *Héritage compromis*, à L'Alhambra. Plusieurs fois. Le public ne s'intéresse qu'à vous...

Ses yeux ont papillonné. L'habilleuse est venue la chercher, une séance de maquillage pour réparer les dégâts causés par les larmes de Marie-Madeleine. Avant de quitter le plateau, elle a déployé la blancheur de son bras vers moi, comme le mouvement harmonieux d'un cygne.

— J'espère que vous restez encore un peu... Je n'ai pas eu le temps de vous remercier...

L'idée de retourner au maniement des billons ne m'a même pas effleuré, j'avais pour ainsi dire franchi une frontière invisible au-delà de laquelle toutes les règles du monde normal étaient abolies, un monde qui faisait pendant à celui de la prison. Si l'un figurait la proximité des Enfers, celui-là m'ouvrait les portes de l'Éden. Mes collègues mousquetaires et légionnaires sont repartis vers Paris quand le soleil d'automne a embrasé le ciel, me laissant seul dans les loges à contempler les photos punaisées aux murs. Natalia est apparue deux heures plus tard, son visage émergeant d'un nuage de fourrure.

— Je suis prête. Vous aimez l'opérette ? J'ai des places pour le concert Mayol.

Un taxi nous a laissés rue de l'Échiquier, à deux pas des Grands Boulevards. Les tours de chant de la première partie venaient de se terminer quand nous sommes arrivés. Le temps de boire un café, la foule quittait le hall, le fumoir, pour assister au plat de résistance, *Oh la vicieuse*, avec Polaire et Georgius dans les rôles principaux. Bien que je compte au nombre des admirateurs de ce chanteur comique, je ne me suis que par moments intéressé à ce qui se jouait sur scène, fasciné que j'étais par les émotions, les émerveillements que je lisais, dans l'ombre, sur les traits de Natalia. À la sortie, elle m'a entraîné vers la porte Saint-Denis, s'est arrêtée à la hauteur du passage du Prado.

— J'ai envie de manger des huîtres…

Elle a poussé la porte à tambour de Chez Julien pour se diriger directement vers la dernière salle, sous la verrière au décor floral. Deux coupes de champagne se sont posées sur la nappe blanche, sans que j'aie rien demandé. Tout autour de nous, ce n'était que courbes et harmonie, l'acajou, le cuivre, les vitraux, les mosaïques au sol, les fresques peintes sur pâte de verre avec leurs avalanches de perles, de bijoux, de femmes évanescentes aux chevelures fleuries. Quand il s'est agi de payer les fruits de mer, le riesling, c'est tout juste si le produit de la semaine de travail à la Société parisienne de tranchage et déroulage augmenté de ma journée de figuration a suffi. Le taxi du retour a englouti ce qui restait. Elle partageait un appartement de Boulogne-Billancourt avec une princesse, ancienne confidente de la tsarine de toutes les Russies, dont je n'ai entendu que les ronflements der-

rière la porte d'une chambre, en passant. Je n'avais
pas attendu d'être parvenu dans la sienne pour faire
tomber la fourrure à ses pieds, m'attaquer aux dizaines de minuscules boutons fermant sa robe, aux lacets
de cuir serrant ses bottines, avant de me perdre en
elle. Au matin, le son grave et prolongé d'une sirène
de péniche m'avait réveillé. J'étais sorti sur le balcon
qui donnait sur le méandre de la Seine. Un rideau de
peupliers masquait l'île Seguin hérissée de cheminées.
Je m'étais habillé, et après m'être penché sur Natalia
pour l'embrasser, j'avais filé vers la station de métro la
plus proche. Une heure plus tard, j'émergeais porte
de Montreuil. Un brouillard humide effaçait les lignes
des fortifications, les façades des HBM. Louboutin a
foncé sur moi dès que j'ai tendu les doigts pour me
saisir de la carte de pointage. Il l'a violemment sortie
de son logement, l'a déchirée en quatre avant de jeter
les morceaux au sol.

— Tu te fous de ma gueule ou quoi, Plisson ?

— Je peux vous expliquer, chef…

J'ai serré les poings quand il m'a poussé vers la sortie. Il était le plus fort sur ce coup-là, mais je savais
où le trouver pour remettre les compteurs à zéro.

— Expliquer quoi ? Tu ramasses tes frusques, le
peu qu'on te doit, et tu débarrasses le plancher.

J'en ai profité pour finir ma nuit dans la piaule de
la rue des Batailles. Le parfum de Natalia s'est insinué
au plus profond des draps. Vers dix heures, casquette
inclinée, clope au bec, les mains enfouies dans mes
poches de pantalon, je suis allé traîner près des stu-

dios. On s'apprêtait à tourner une histoire de flibustiers, *Debout malgré la tempête*, mais l'équipage était au complet. Je m'apprêtais à partir quand Ivan Mosjoukine, l'acteur qui jouait le rôle de Barberousse s'est approché de moi en claudiquant, à cause du pilon en bois creux fiché sur sa jambe repliée. Il a posé son crochet de manchot sur mon épaule, a relevé le bandeau noir qui masquait son œil droit.

— Reviens cet après-midi, on aura besoin d'aide, pour la scène de la tempête... En plus, Natalia sera là...

Après avoir avalé une blanquette à La Civette des Longs-Quartiers, j'ai passé trois heures à tirer sur des cordes pour faire tanguer la proue d'un galion espagnol, à jeter des baquets d'eau sur les comédiens, à actionner d'énormes ventilateurs sur des voiles artistiquement déchirées, à provoquer des arcs électriques pour simuler les éclairs zébrant le ciel... Natalia est arrivée peu avant cinq heures, alors que les éléments venaient de se calmer. Mosjoukine avait abandonné son accoutrement de pirate morcelé. Il s'était transformé en gangster ténébreux pour les besoins d'un autre film, *Kidnapping*, dans lequel Natalia était victime de ses manigances. J'ai assez peu apprécié la scène où il l'embrassait sous la contrainte. Sitôt les projecteurs éteints, elle est venue vers moi, alors qu'elle m'avait ignoré pendant toute la durée des prises de vues.

— Tu m'as manqué ce matin...

Elle m'entraîna à L'Européen où passait Fréhel,

puis me fit traverser la place Clichy pour rejoindre la terrasse du Wepler.

— J'aime bien venir ici… Ce restaurant, pour moi, c'est Paris. Je le connais comme un livre. Tu vois les visages des serveurs, des directeurs, des caissières, des putains, des habitués, même ceux des dames des lavabos… Ils sont tous gravés dans ma mémoire…

Je n'avais jamais goûté aux oursins, aux coquilles Saint-Jacques safranées ni à ce vin blanc fruité, un pouilly de Solutré. La note avait sérieusement écorné mon pécule, mais je fis semblant d'abandonner les billets, sur la nappe blanche, comme s'il s'agissait de papiers sans importance. On est sortis dans la nuit en chantant :

> *C'était une vraie fleur d'amour,*
> *Éclose un jour dans le faubourg…*

Le lendemain, de retour de Billancourt, je m'étais glissé dans la peau d'un détrousseur de banques pour l'épisode final d'un feuilleton inspiré des exploits de la bande à Bonnot. Recouvert d'un lourd manteau de fourrure, les yeux dissimulés derrière de grosses lunettes de mécanicien, je brandissais un revolver rutilant devant le visage d'une caissière épouvantée. Le soir, au milieu de trois mille spectateurs, je découvrais l'immense scène de L'Empire où l'on avait reconstitué une véritable corrida, avec simulacre très réussi de mise à mort, avant de voir lever les filets d'un turbot par le maître d'hôtel de La Barrière des Ternes. J'y épuisai mes ultimes ressources. Au cœur de la nuit, alors que Natalia dormait paisiblement à mes côtés, j'imaginai tous les moyens de prolonger cette vie de rêve, et me revint soudain en mémoire une conversation, au hasard d'un bar, avec un contremaître de la manufacture montreuilloise du Bébé Jumeau. Le nez dans le pastis, il me racontait que la chevelure recouvrant le crâne des poupées de porcelaine étaient en thibet, un poil de chèvre importé des hauts plateaux himalayens par un négociant chinois.

— Je travaille à la réception. On reçoit les bottillons que les femmes enroulent mèche à mèche sur des bigoudis. Elles les font bouillir puis sécher à la rampe à gaz. Ils en sortent tout frisottés pour être piqués sur les calottes, quinze grammes par postiche, le chien par-devant, les nattes à l'arrière… Le Chinois n'a pas confiance dans le papier… Il passe se faire payer chaque vendredi matin, en liquide, ses livraisons hebdomadaires de cinq cents kilos…

J'ai repoussé les draps, me suis habillé en silence. J'ai traversé Paris à bord de la première rame au milieu des prolétaires mal remis des fatigues de la veille, et auxquels je m'étais promis de ne pas ressembler. Le gardien des studios n'a pas tiqué quand j'ai poussé la porte vitrée ; je faisais déjà partie des meubles. Je me suis directement dirigé vers le magasin des accessoires où je me suis emparé du revolver factice avec lequel je ramassais la mise. Je l'ai glissé sous ma ceinture, bien caché par le pan de ma veste puis je suis allé me poster près de l'usine de jouets, rue de Paris. Le Chinois est arrivé vers dix heures, en taxi. Il a franchi la grille à pied, traversé la cour plantée de massifs de fleurs pour s'engouffrer dans le bâtiment de droite qui accueille les bureaux de la direction. Je me suis approché de la voiture, l'air dégagé. Le chauffeur lisait l'*Excelsior* en attendant le retour de son client. Il a voulu me dissuader de grimper à l'arrière :

— Je suis en course… C'est occupé…

Je me suis laissé tomber sur la banquette, j'ai brandi mon arme sous son nez.

— Tu te tiens tranquille. Reprends la lecture de ton feuilleton. Au premier geste suspect, je te tire comme un lapin ! Dès que ton client monte, tu démarres sur les chapeaux de roues, direction Vincennes par les petites rues, compris ?

Le fournisseur en thibet n'avait pas tardé à réapparaître, le sourire épanoui, les poches gonflées. Il ne s'est aperçu de ma présence qu'au moment de claquer la porte du taxi derrière lui. Ses yeux ont louché, attirés par l'orifice menaçant du colt.

— Qu'est-ce que vous me voulez ?

Je lui ai enfoncé le canon dans les côtes.

— Tu vides tes fouilles sans faire d'histoire…

Il a mis un certain temps à se décider, mais la pression de l'arme a fini par produire son effet. Trois grosses liasses de billets sont tombées sur la moleskine. Je n'avais jamais vu autant d'argent et j'ai commis l'erreur de le contempler une seconde de trop. J'ai ramassé une des liasses, mais quand j'ai relevé la tête, le Chinois avait un pistolet dans la main. À la différence du mien, il tirait des balles réelles… L'habitacle s'est empli de fumée tandis qu'une douleur fulgurante me traversait l'épaule. J'ai ouvert la portière que j'ai poussée avec mon épaule valide. Je me suis éjecté du taxi alors qu'il ralentissait pour prendre un virage. Le granit du caniveau a explosé sous l'effet d'un projectile, à moins d'un mètre de moi. Je me suis relevé. Les passants s'étaient immobilisés, personne n'a tenté de me barrer la route. Le sang coulait le long de mon bras, ruisselait sur le métal de mon arme inutile. J'ai pris la rue Arago, tourné dans la première qui s'offrait à ma droite, viré encore pour finir par tomber sur la rue des Batailles à cent mètres du portail de L'Albatros. J'ai franchi l'enceinte des studios. Un carré de grognards napoléoniens se réchauffait autour d'un feu de broussailles tout en buvant du café. Ils m'ont regardé passer sans réagir, comme si je sortais du tournage d'un film de gangsters. Natalia a immédiatement compris, elle, qu'il se jouait là quelque chose d'anormal. Je l'ai entraînée vers les loges que j'ai fermées à clef. J'ai sorti les billets qui se sont éparpillés au sol quand l'élastique qui les retenait a cédé.

— Mais d'où sors-tu tout cet argent, Gabriel ?

— Il est à toi, c'est pour nous…

À cet instant, j'ai entendu un craquement au-dessus de nous. J'ai levé la tête vers la verrière. Deux policiers venaient d'ouvrir un vasistas et pointaient leur revolver sur ma poitrine…

Extrait du Petit Parisien
en date du 14 novembre 1928

L'actrice d'origine russe Natalia Livanko vient de vivre une aventure hors série. Elle a été brièvement séquestrée par un bandit armé d'un revolver dans les anciens studios Pathé de Montreuil aujourd'hui repris par la société Albatros. Natalia Livanko, l'inoubliable interprète d'Héritage compromis, la partenaire à l'écran de Charles Vanel et de Pierre Batcheff, répétait une scène de son prochain film, Le Brasier ardent, quand un repris de justice du nom de Gabriel Plisson, condamné dans la fameuse affaire du gang des faux curés, a fait irruption rue des Batailles et a obligé l'actrice à le suivre dans les loges. D'après les informations en notre possession, il venait de dépouiller M. Dan Quan Chang, un collaborateur de la manufacture du Bébé Jumeau, d'une forte somme résultant de la vente de produits capillaires destinés aux célèbres poupées fabriquées dans les ateliers de la rue de Paris. On ne sait ce qui a poussé ce criminel à trouver refuge dans les ateliers cinématographiques, à prendre une vedette en otage. Les policiers rapidement rendus sur place ont pris position sur les toits d'où ils ont mortellement blessé le malfaiteur qui les menaçait de son arme. Mlle Livanko, fortement choquée par cette issue fatale, s'est refusée à toute déclaration.

DOUCHE FRANCHE...

— Cette fois, c'est une femme...

— Ah, oui ? Comment pouvez-vous en être aussi sûr ?

Nous nous tenions sur la berge, face à l'île Seguin, nue, débarrassée de sa carapace d'acier, de brique et de verre, alors qu'en contrebas un homme-grenouille dans sa combinaison luisante approchait d'une barge en remorquant derrière lui une masse informe. À peine si je parvenais à distinguer le tissu gonflé par la putré-faction, la couleur des mèches de cheveux flottant à la surface de l'eau. Le commissaire Fournier s'était tourné vers moi. Une bourrasque avait rabattu le col de son imperméable sur sa joue, ses lèvres, tandis qu'il me parlait.

— Depuis qu'il l'a remontée, elle flotte sur le dos... Les hommes coulent en position ventrale, les femmes en position dorsale. Une question de morphologie, de répartition des graisses... Je ne vous ai jamais vu en-core. Vous êtes nouveau ?

— Non. Je travaillais à Beauvais, pour l'édition ré-

gionale de l'Oise. Il y avait un poste sur Paris, après le
départ en retraite de Chevillard…

— Un chouette type. Il va me manquer. On y va ?

J'aurais préféré demeurer à distance, mais la pointe
de défi qu'il avait mise dans sa question m'obligea à
le suivre vers l'escalier, sous le quai du Point-du-Jour.
Le temps que nous arrivions au bord de l'eau, le cadavre avait été hissé sur le ponton qu'un policier hé-
lait au moyen d'une corde. Fournier m'observait du
coin de l'œil. J'affectai un air dégagé en me raccrochant
à ma gitane comme à une bouée de sauvetage. C'était
une femme en effet, la face bouffie, verdâtre, le corps
boursouflé, dilaté, les mains et les pieds étrangement
blancs, ridés comme la surface du fleuve sous les coups
de vent… Le commissaire avait sauté sur l'embarca-
tion dès qu'elle était venue cogner sur la rive. Il s'était
accroupi près de la tête qu'une énorme blessure bala-
frait depuis l'oreille droite jusqu'au menton. Une ra-
fale avait amené jusqu'à moi des remugles de mort,
de vase, et je m'étais dépêché d'allumer une cigarette
au mégot de la précédente avant de sortir mon appareil photo de son étui. Je cadrai les deux plongeurs
qui venaient de remonter sur leur canot pneumatique
avec, au second plan, la passerelle de l'ancienne usine
Renault. Pas la peine de placer le sujet principal dans
le viseur, même en amorce. La ligne éditoriale ex-
cluait toute représentation directe de la mort dans
chacune des séquences du journal, l'international
comme les faits divers. Une ambulance s'était arrêtée
un peu plus haut, sur l'aire de manœuvre des camions

de déblaiement. J'aperçus le chauffeur qui sortait un sac à viande gris de la porte latérale, pour le transfert à la morgue. Le commissaire Fournier en avait terminé avec les premières constatations. Je l'interpellai alors qu'il passait près de moi.

— Ça fait longtemps qu'elle était dans l'eau, à votre avis ?

— Si la péniche ne l'avait pas heurtée, elle serait remontée d'elle-même à la surface demain ou après-demain... Quand l'eau est à cette température-là, la putréfaction en immersion demande de quatre à six jours... L'hiver, c'est un peu plus. Donc, je ne devrais pas être loin du compte en pariant sur cinq...

J'ai rapidement noté les précisions sur mon calepin.

— Vue d'ici, j'ai eu l'impression qu'elle était blessée...

Il a souri.

— Fallait vous approcher, à part l'odeur, on ne risque rien... Ils ne repêchaient pas de noyés, dans l'Oise ?

— Si, mais j'ai un peu de mal, le matin.

— On s'y fait... Le légiste va tout examiner dans le détail... La seule blessure apparente, c'est un coup de pale d'hélice. D'après l'état de la plaie, il y a toutes les chances pour que ce soit arrivé après sa mort. À mon avis, c'est encore quelqu'un qui s'est foutu à l'eau ou qui y est tombé accidentellement... Désolé, ce n'est pas avec ça que vous allez faire les gros titres !

J'ai attendu que sa voiture disparaisse vers le pont de Sèvres pour prendre mon casque sous le siège, puis

grimper sur la Vespa. J'avais juste le temps de rejoindre l'île de la Grande-Jatte, à la pointe située en
amont, près du rucher de Levallois, où j'avais rendez-
vous avec un mécène. Au début, quand Élodie la res-
ponsable d'édition, m'avait refilé le tuyau, je n'y avais
pas vraiment cru. Selon elle, un type était devenu
milliardaire en plantant des millions de pousses de sa-
pins de Noël sur d'anciennes terres d'élevage, dans le
sud du Finistère, à la place des cochons. Le sol, le cli-
mat, les précipitations, les déjections, tout s'accordait
parfaitement à la croissance saine des conifères et, depuis cinq ans, ses forêts fournissaient chaque mois de
décembre les marchés porteurs d'Allemagne, de l'Europe du Nord, grignotant ceux de l'Est où la coutume
s'installait. Né sur l'île de la Grande-Jatte, il avait décidé de l'honorer en la dotant d'un musée dont aucune
autre terre au monde ne pouvait s'enorgueillir : « L'Élysée des plantes utiles ! » Je m'attendais à tomber sur
une sorte de lourdaud faisant la publicité de sa réussite, jonglant avec les zéros de sa fortune, ceux d'avant
la virgule. Au lieu de ça, j'avais devant moi un homme
de mon âge, la trentaine, habillé d'un jean, de bottines effilées, d'une veste de reporter dont les multiples
poches ne servaient pas qu'à la figuration. Il m'avait
tendu la main en récitant son nom, son prénom et
encore une fois son nom. Je lui avais servi les miens
en retour, puis il avait posé sa main sur mon épaule
pour m'entraîner vers le pont de Levallois du côté
du petit bras de la Seine alors que le soleil faisait une
percée.

— Il y a trois mois, ici, il y avait encore des vestiges d'ateliers de montage d'avions. Irrécupérables. J'ai été obligé de tout faire raser, mais ça nous a permis de nettoyer le sol, de l'enrichir en profondeur…

Je me suis arrêté, j'ai fait un demi-tour sur moi-même pour me débarrasser du poids de son bras.

— C'est là que vous allez construire votre musée ?

— Il n'y a rien à édifier, rien, à part peut-être une statue au laboureur inconnu… C'est une idée qui ne me déplaît pas… Depuis la nuit des temps, les paysans ont été des héros discrets. Résultat, personne n'a jamais pensé à leur rendre hommage… « L'Élysée des plantes utiles » consistera en une sorte d'arboretum dans lequel chaque végétal sera associé à la mémoire de celui qui l'a amené en Europe…

Je brûlai mon unique cartouche :

— Comme Parmentier avec sa patate…

Il fit comme s'il l'entendait pour la première fois.

— Exactement. Nous planterons plusieurs rangs de Solanum d'Amérique qui produit à sa racine la pomme de terre, nous rappellerons les mérites de celui qui l'a propagé malgré les sarcasmes… Il voisinera avec la nicotiane qui fait tomber tant d'argent dans les caisses du Trésor, l'héliotrope du Pérou, le lilas de Constantinople que le Flamand Auger de Busbecq offrit à son roi, les marronniers d'Inde, les tulipiers, les mûriers, les acacias, le sorbier du Canada, le maïs amérindien, le citronnier d'Arabie, la luzerne de la Médie, sans oublier ce qui m'est le plus cher, les pins de Virginie ou de Sibérie…

Il en cita une dizaine d'autres que je n'avais pas le temps de noter, accompagnés des noms de leurs inventeurs, puis il se prêta au jeu quand je lui demandai de poser, assis dans l'herbe haute, entouré de quelques légumes, belles-de-Fontenay, courgettes, aubergines, potiron, radis noirs, que j'avais pris soin d'acheter chez un primeur, en cours de route. Je retournai à la rédaction en longeant les quais, essuyant une averse rue des Bateliers, alors que je longeais la centrale thermique pour entrer dans Saint-Ouen. L'étage était presque désert, l'équipe de permanence en août s'était dispersée entre la cantine et les quelques restaurants restés ouverts dans le secteur. Aucune envie de les rejoindre, la scène du début de matinée m'avait plombé l'estomac. Je transférai mes photos numériques dans l'ordinateur avant de me mettre à taper directement les deux articles de la matinée, à partir de mes notes. Je titrai « Des plantes utiles à l'Élysée ! » pour la rubrique de Levallois-Perret, et « Noyée de l'île Seguin : suicide ou accident ? » pour celle de Boulogne-Billancourt. Je m'apprêtais à tout envoyer d'un clic vers la maquette quand Élodie était entrée dans le bureau.

— Alors, ça s'est bien passé avec le mécène ?

— Oui, tranquille pour un milliardaire…

Elle s'est penchée par-dessus mon épaule pour m'embrasser sur la joue. Elle en a profité pour jeter un coup d'œil à l'écran. En échange, j'ai plongé le regard dans la béance de son chemisier.

— Encore un noyé ? C'est une véritable épidémie, cette année… Dès que tu auras un moment, j'aime-

rais bien qu'on discute plus avant sur ton idée de suivre des enfants de sans-papiers, au moment de la
rentrée scolaire… Elle va arriver vite.

Elle était déjà dans le couloir. J'ai élevé la voix.

— Je croyais que j'avais le feu vert…

— Ne monte pas sur tes grands chevaux ! Je ne re-
mets rien en cause. Liberté totale, mais un sujet pa-
reil, ça demande à être sérieusement cadré… On est
dans les Hauts-de-Seine, n'oublie jamais ça…

Je me doutais bien, en proposant ce reportage lors
de la dernière conférence de rédaction, que son évidence ne s'imposerait pas à tous, qu'il faudrait ba-
tailler. Prudent, j'avais mis la barre suffisamment haut
pour pouvoir lâcher du lest. Mais ce qui me trottait
dans la tête, à la minute présente, c'était la réflexion
d'Élodie à propos de la noyée de l'île Seguin. Je tapai
« noyade » et lançai une recherche sur le site du journal pour la période des douze derniers mois en sélec-
tionnant Paris ainsi que les départements de la Petite
Couronne, traversés tous les quatre par la Seine. J'im-
primai la soixantaine d'articles qui répondaient à ma
demande, classai les papiers se rapportant à la même
affaire pour aboutir à cinquante-trois cas distincts de
mort par hydrocution en un an, dont trente depuis le
début de l'été. Une série d'appels au ministère de l'Intérieur, aux services de la Sécurité civile, me permirent
de vérifier qu'on était bien au mois d'août. Nada ! La
seule personne connaissant le dossier et disponible
pour me recevoir dans l'après-midi était le médecin
en chef de la brigade des sapeurs-pompiers de Pa-

ris. Il reprenait son service après plusieurs mois passés
au Liban. Je filai vers le pont de Crimée, garai le scooter devant la caserne de Bitche où je me rappelais être
venu quelques années plus tôt, en compagnie d'un
souvenir douloureux, pour un bal de 14 Juillet. En
face, des plongeurs s'entraînaient dans les eaux noires
du bassin de la Villette, avec la Géode posée comme
un énorme point métallique en bout de perspective.
Le médecin-chef m'attendait dans une pièce dont les
fenêtres donnaient sur la place du marché. Ses sourcils
s'incurvèrent quand, sans même m'en rendre compte,
je plantai une cigarette entre mes lèvres. Je remis la
gitane dans son cercueil.

— Excusez-moi, l'habitude…

Je m'assis sur la chaise qu'il m'avait désignée, tout
en posant ma documentation sur le rebord de son bureau.

— Je prépare un dossier sur les noyades en région
parisienne. L'idée m'en est venue en constatant que ce
n'était pas aussi rare qu'on pouvait le penser… C'est
plusieurs dizaines de morts par an… On dispose de
statistiques précises, de tableaux de comparaison année
par année ?

Il haussa les épaules tout en manœuvrant la souris
de son ordinateur sur un tapis illustré par la photo
d'un pompier dénudé vraisemblablement tirée d'un
de ces calendriers à la mode vendus au porte-à-porte.

— Le problème, c'est que nous établissons nos rapports sur les événements survenus, pas sur leur issue…

— Ce qui veut dire, en clair ?

Il lança l'impression d'un document avant de me répondre :

— Simplement que nous nous déplaçons dès que nous sommes appelés. Si la personne que nous sortons de l'eau n'est pas morte quand nous l'envoyons à l'hôpital, nous la considérons comme sauvée même si une issue fatale survient dans les heures qui suivent. Statistiquement, elle est morte par noyade, mais nos indicateurs n'en font pas état… Les chiffres dont je dispose méritent donc d'être corrigés, sauf que j'ignore dans quelle proportion. Tenez, j'ai fait un tirage pour vous.

— Merci…

Je soulevai ma liasse d'articles.

— De mon côté, j'en ai comptabilisé plus d'une cinquantaine… Cinquante-trois pour être précis. Rien que des noyés repêchés sans vie, pas des blessés, ce qui correspond à vos procédures.

Il remua la tête en émettant des bruits de succion.

— La fourchette est vraiment haute, il doit y avoir des doublons. Pour l'année dernière, de janvier à décembre, nous en sommes à quarante et un décès. L'année précédente, c'est du même ordre… Cinquante-trois, vous imaginez ? Cinquante-trois, ça fait un tiers d'augmentation. C'est invraisemblable.

— Il faut pourtant se rendre à l'évidence ! En plus, je suis à même de vous préciser que, selon nos archives, la surmortalité concerne les trois derniers mois. Cinq en juin, six en juillet. Six pour les trois premières semaines d'août… Ils sont là, vos trente pour cent…

Il se rejeta contre le dossier de son fauteuil, repoussa

ses cheveux en arrière en plaquant ses mains sur son crâne, doigts écartés.

— J'arrive de l'étranger… Un coin pas facile. Je n'ai pas été attentif à ce problème. Je vais me mettre en rapport avec le collègue que je remplace. Je vous tiens au courant… Il doit bien y avoir une explication, non ?

Je serrai la main qu'il me tendait en étouffant un vague « j'espère », puis récupérai ma Vespa tandis que les plongeurs ruisselants, l'exercice terminé, rentraient leurs bouteilles, leurs palmes, leurs canots pneumatiques dans la caserne. Le soir, alors que nous mangions un plat de pâtes chez Ciro, un Napolitain du quartier Oberkampf, Élodie, tout en dépiautant délicatement ses gambas au Marsala, avait tenté de connaître la raison de mon absence de l'après-midi. J'étais resté dans les généralités.

— Je prenais des contacts pour un reportage…

— Tu n'es pas parti à cause de ce que je t'ai dit, pour les mômes de sans-papiers…

J'avais suspendu ma manœuvre d'enroulement de spaghettis.

— Écoute, Élodie… Quand on s'est mis ensemble, on était bien sur la même longueur d'onde… Le boulot ne devait pas interférer dans nos relations privées… Tu te souviens ? Pose-moi la question demain matin, dans le cadre professionnel, je me ferai un devoir de te répondre…

Elle avait accusé le coup, au point de ne plus m'adresser la parole de la soirée, malgré mes tentatives de relance, entre deux coups de téléphone à ses amies. À la maison, je m'étais couché sur le canapé clic-clac, pour éviter l'électricité statique. C'est là qu'elle m'avait rejoint, sans un mot, au milieu de la nuit. Au bureau, le sujet des scolarisations clandestines n'avait pas été abordé. J'avais profité d'un appel d'urgence à la Défense, un type qui menaçait de se jeter du haut de la tour Elf si on ne baissait pas le prix de l'essence, pour grappiller une paire d'heures. Ma première visite avait été pour le légiste de l'Institut médico-légal, une bâtisse sinistre coincée sous le coude du métro aérien, près du quai de la Rapée. On était allés boire un verre sur le port de l'Arsenal. Au bar, un client lisait la page où figuraient mes articles. Dès le départ, le toubib m'avait appris qu'un tiers des noyés de la région parisienne provenait des piscines publiques, ce qui ne faisait qu'aggraver mes soupçons sur le caractère douteux de l'augmentation des cas de décès fluviaux au cours du dernier trimestre. À dix heures du matin, il en était déjà au pastis qu'il buvait allongé d'un seul volume d'eau.

— À propos des quinze derniers cas, vous pouvez me dire s'il s'agit d'hydrocution ou si certaines victimes étaient déjà mortes avant de tomber à l'eau ?

Il porta son verre près de son nez, respira longuement avant de boire une gorgée.

— Il faut avant tout se mettre bien d'accord sur les termes : on parle de mort par submersion. L'hydrocution n'en représente qu'une partie, une sur dix en moyenne, c'est une réaction cardio-respiratoire due au

contact de l'eau froide sur le corps, les muqueuses…
Une sorte de choc thermique. Il y a aussi, c'est même
de loin le plus fréquent, l'anoxie consécutive à une
inondation des voies respiratoires… Tous les dossiers
que vous m'avez soumis se rapportent à l'une ou l'autre
de ces causes de submersion. Pas de meurtre, de suicide
maquillé. Je suis absolument affirmatif d'autant que j'ai
eu à m'occuper de plusieurs de ces noyés…

Je ne pouvais détacher mon regard des traces rouge-
brun, sous ses ongles, des ongles qu'il mordillait entre
deux lampées.

— Vous n'avez rien remarqué de spécial lors des
autopsies ?

Il agita son verre vide. Je fis signe au barman de venir
faire le plein.

— Estomac humidifié, viscères lavés, foie conges-
tif, poumons gonflés, empreintes costales, stases de
sang veineux dans les cavités droites du cœur… Le
diagnostic est immédiat : anoxie suraiguë…

— Réfléchissez, il n'y avait rien d'autre qui pouvait
les réunir ? Une caractéristique même secondaire…

Il hocha la tête, les yeux perdus dans des brumes
anisées.

— Ça me revient, maintenant que vous m'y faites
penser… Je n'ai pas effectué d'analyses poussées, mais
il y avait des traces de savon, de shampoing dans l'eau
qui emplissait leurs poumons, c'est noté en marge sur
les rapports. Pourtant, ce n'était pas des gens qui prenaient un soin excessif à leur toilette…

— Comment vous pouvez le savoir, surtout après un séjour plus ou moins prolongé dans l'eau…

Il posa ses avant-bras sur la table, avança sa tête vers moi.

— Aussi curieux que ça puisse paraître, je m'attache à mes clients, je m'inquiète de ce qu'ils deviennent, je passe des coups de fil à la préfecture, j'essaie de savoir à qui j'ai eu affaire. Les dix qui me sont passés entre les mains, depuis juin, c'était tous des clodos, des « sans domicile fixe », si vous préférez.

Je l'ai raccompagné jusqu'à la morgue, alors que mon portable vibrait dans ma poche pour la dixième fois de la matinée, puis j'ai poussé jusqu'à la gare de Lyon. Je me suis installé dans un coin du cyber@café pour écrire mon feuillet au sujet du faux suicidaire de la Défense. J'ai joint la photo où l'on voyait, après qu'il s'était lancé dans le vide, le parachute s'ouvrir en dévoilant le logo d'une association écologique. Des clodos, il y en avait au moins une centaine qui se pressaient autour d'une camionnette de l'Armée du Salut, sur l'esplanade, dans l'ombre du beffroi. Je m'approchai d'une des femmes en uniforme qui remplissaient de soupe épaisse des bols en carton récupérés chez McDonald's.

— Quand vous aurez terminé, vous auriez un moment à me consacrer, pour un reportage ?

Elle me jeta un regard rapide tout en soulevant sa louche à moitié vide vers la droite où flottait le drapeau du mouvement caritatif avec sa devise en anglais : « *Soup, Soap, Salvation* », avec la traduction en langue locale : « Soupe, Savon, Salut ».

— J'en ai encore pour un bon moment. Allez plutôt voir le colonel Dick, il est là-bas, près de la banderole.

Je patientai, le temps qu'il termine une conversation technique avec ses subordonnés. C'était une
sorte de géant, aux muscles saillants sous la veste à galons, un blond à la barbe rousse qui me broya la main
que j'avais eu l'imprudence de placer dans la sienne.
Je le mis rapidement au fait de mes interrogations sur
la recrudescence de noyades, sur le fait que cela concernait essentiellement des exclus.

— Je me demandais si vous aviez une liste des gens
auxquels vous portiez secours et assistance… Si vous
vous étiez aperçus de disparitions…

— Non, nous sommes une œuvre évangélique,
nous nous adressons aux créatures de Dieu en souffrance. Nous ne relevons pas les identités. Vient qui
veut.

— Je vous parle d'une dizaine de morts, ce n'est
pas rien…

J'avais eu un mouvement de recul quand il avait
avancé sa main. Il s'était contenté de la poser sur mon
avant-bras.

— Patientez quelques minutes, je vais aller aux
nouvelles…

Je l'avais observé qui allait de groupe en groupe, remarquant le respect dont l'entouraient tous ces hommes, ces femmes bosselés par l'existence. Il était revenu
vers moi, traînant un vieillard couvert de haillons dans
son sillage.

— Je vous présente Vlad. Il connaissait trois des noyés de cet été…

Quand j'ai proposé au clodo d'aller boire un verre, à une terrasse, il a refusé dans un français bousculé par l'accent roumain.

— J'aime pas, je préfère mon litre. On se fait jeter… Ce qui me dirait, c'est une crêpe au Grand-Marnier, en dessert…

J'en ai pris une au sucre, à la baraque, dans la cour, pour l'accompagner. On s'est assis, au coin du parking. Je lui ai demandé de me parler des trois copains qu'il avait perdus.

— C'étaient pas des copains. On n'en a pas dans la rue. Des types que je croisais de temps en temps, c'est tout. Il y avait le Grec. Il a tenu un restaurant au Quartier latin avant que sa femme soit brûlée dans l'incendie de la cuisine… Le Petit Kiki, on l'appelait comme ça parce qu'il n'avait pas de cou, la tête et directement les épaules… La troisième, c'était Anita. On était pour ainsi dire mari et femme, avant qu'ils lui coupent une jambe. Après, elle s'est mise avec le Petit Kiki qui était borgne, j'ai oublié de vous le dire…

— Vous les avez connus où, à Paris ?

Il s'était léché le dessus de la main, les doigts, sur lesquels coulait de la liqueur.

— Oui, je suis arrivé, il y a vingt ans, directement de Darabani. Je n'ai plus jamais bougé d'ici. On avait notre camp sur le port de la Gare, en dessous de la Grande Bibliothèque. Les derniers temps, on habitait

dans les tentes données par Médecins du Monde,
mais on s'est fait virer par Paris-Plage, en juin... Ils
ne voulaient pas de taches dans le décor... Tous les
trois, ils sont descendus le long de la Seine, en direction de la tour Eiffel. Moi, je suis parti de l'autre côté,
vers les ponts du périphérique. Résultat, je suis toujours vivant mais eux, ils sont morts.

Je me suis essuyé les lèvres à l'aide d'une serviette
en papier.

— Vous ne les avez jamais revus ?

— Si, une fois. Je suis allé leur rendre visite, un
soir, au port du Gros-Caillou... Ils étaient pas mal
installés, ils pouvaient faire du feu. Je me suis même
dit que j'avais peut-être eu tort, tout seul là-bas. Sauf
qu'en partant, sur le coup de une heure du matin, les
flics sont venus les déloger. Paraîtrait que les gens du
coin se plaignaient. Comme c'est du beau linge... J'étais
caché derrière un pilier. Ils ont emmené Anita avec le
Petit Kiki. La semaine d'après, on les repêchait...

Il était près de deux heures quand je garai mon
scooter sous la voûte, au journal. Élodie quittait le
bureau du rédacteur en chef au moment où je sortais
de l'ascenseur. Le moins qu'on puisse dire, c'est qu'il
n'y avait pas de braise dans son regard. Des glaçons.

— Tout le monde essaye de t'appeler. Pourquoi tu
ne décroches pas ?

— J'ai oublié mon portable à la maison. Il a dû
tomber sous le canapé... Je voulais faire un crochet,
mais à force d'attendre que l'écolo volant se décide à

sauter dans le vide, à la Défense, je n'ai pas eu le temps…

Elle avait réprimé un sourire, tourné les talons. Je l'avais regardée onduler jusqu'au bout du couloir. Le reste de l'après-midi avait été comme gommé par les dizaines de contacts que je devais prendre pour préparer, ville par ville, les articles que nous allions consacrer aux travaux en cours, aux projets d'aménagement. Il faudrait en plus m'appuyer l'interview de chacun des maires qui n'adoraient rien tant que voir leur trombine dans le journal, dès lors que ce n'était pas à la page des faits divers. Élodie était passée, alors que le soleil s'apprêtait à disparaître derrière la colline de Montmartre.

— On y va ?

J'avais pris à témoin le chantier soigneusement organisé autour de moi.

— J'en ai encore pour une heure ou deux. Je préfère m'en débarrasser d'un coup. Je ne te rejoins pas trop tard. Ne t'inquiète pas pour moi, si ça ne m'a pas coupé l'appétit, je me ferai une omelette ou j'ouvrirai une boîte…

Ce n'était pas que des mensonges puisque je continuai à travailler jusqu'à neuf heures passées. J'avalai un délice de Baalbek, hommos, baba ghannouge, foul medammas, au Libanais de l'avenue avec une Gold-star, de la bière israélienne légèrement trop amère, qu'on ne trouvait que chez lui. Je mis le cap sur le port du Gros-Caillou, coincé entre les Invalides et le Champ-de-Mars, alors que la nuit commençait à s'installer. Je laissai la Vespa devant le parvis de l'église américaine de Paris protégé par des barrières Vauban. Pas trace de SDF dans les jardins que longeaient la voie sur berge et le quai d'Orsay, rien non plus sur les bas-côtés de la voie rapide, sous les tunnels. Je trouvai les débris d'une tente de survie deux cents mètres plus loin. Je les photographiai avec mon téléphone qui affichait une dizaine de messages en attente. Je dépassai la tour Eiffel, contournai la piscine de l'avenue de Suffren, dans la fraîcheur du fleuve… À un moment, une construction attira mon attention. Une sorte de grosse maison de maître sur trois niveaux, composée de deux parties absolument identiques. Deux escaliers protégés chacun par un auvent menaient à deux por-tes semblables séparées d'une quinzaine de mètres. Sur la droite, le fronton portait les lettres gravées dans la pierre de « Commissariat », l'autre fronton ac-cueillait celles de « Bains-Douches ». Toutes les fenê-tres étaient fermées, mais de la lumière filtrait d'un volet disjoint. J'enjambai une barrière en ciment sur laquelle poussait du chèvrefeuille, traversai un jardin à l'abandon pour atteindre la façade. À l'instant où j'y accédai, des grincements, des frottements de pièces de métal, résonnèrent dans le silence. Je contournai le bâtiment pour voir d'où venait le raffut et arrivai à l'arrière, en bordure du fleuve. Une canalisation reje-tait un flot d'eau sombre dans la Seine. Je me penchai juste à temps pour voir un corps projeté par la puis-sance du jet. Me croyant victime d'une hallucination, je braquai mon téléphone portable dans la direction du cadavre qui flottait à dix mètres de moi, ballotté par les remous d'un bateau-mouche, avant d'être englouti. Je pianotais sur les touches pour vérifier sur l'écran ce que j'avais vu quand je sentis une présence derrière moi. Je n'eus pas le temps de me retourner qu'on me ceinturait.

Cela fait maintenant plus de dix heures que je suis dans cette cave de deux mètres sur deux, aux parois en moellons, au plafond voûté en briques soutenues par des longerons en acier. Il y a une sorte de soupirail fermé par des plaques de tôle. C'est par là que j'aperçois de temps en temps mes geôliers, des policiers en tenue, quand ils viennent voir ce que je deviens. Il existe une autre trappe, de forme ronde, près du sol. La fosse n'est pas située sous le commissariat mais plutôt sous les Bains-Douches. J'ignore s'il existe d'autre communication entre les constructions jumelles. Le commissaire Fournier que j'avais croisé devant l'île Seguin, quand on remontait cette noyée, est passé tout à l'heure. Il m'a simplement demandé pourquoi j'étais venu fourrer mon nez dans cette affaire. Il est parti avant que j'aie eu le temps de lui répondre. Il y a quelques minutes, quand ils ont ouvert le soupirail pour la dernière fois, j'ai entendu des gens qui parlaient en faisant la queue pour aller prendre une douche. Je ne savais même pas que ce genre d'établissement fonctionnait encore, à Paris, je croyais que tout le monde avait une salle de bains, surtout dans les beaux quartiers.

Je me suis endormi, assis contre la paroi. C'est l'eau

qui m'a réveillé. Elle coule des deux canalisations qui descendent du plafond. Au début, il n'y avait presque rien, une flaque comme celle que laisse une machine à laver en débordant. Le débit s'est soudain accéléré. Le niveau n'a cessé de s'élever. Je dois maintenant accrocher mes mains aux fils de fer tendus près du plafond pour continuer à tenir debout sur la pointe de mes pieds. L'eau est là, sous ma lèvre inférieure. Je sens l'odeur du savon, l'odeur du shampoing, tout ce qu'avalent les siphons des douches sous lesquelles on se lave, à l'étage supérieur. Je ferme la bouche, je respire par le nez...

PROFESSION DE FOI

Tout au long de la traversée de la ville, le type assassiné m'avait souri de ses yeux bleu azur en me montrant le parfait alignement de ses dents étincelantes. Il posait devant l'entrée de la ville, avec le quartier des résidences pour toile de fond. La cinquantaine conquérante, il incarnait ce à quoi la nouvelle population d'Ambrinieux voulait ressembler. Réussite, santé et joie de vivre. Son portrait en quadrichromie ornait les vitrines des commerçants, les murs, les panneaux administratifs. Les affiches martelaient le slogan qu'il s'était choisi : « Éric Marbel, l'avenir à portée de main ». Au cours du demi-siècle précédent, la ville avait continuellement été administrée par la lignée des Cambon qui possédaient un castel sur la route de Lignerac, ainsi que plusieurs centaines d'hectares de prairies, de bois. Peu avant l'inauguration de la ligne TGV-Nord, ils avaient transformé une partie de leurs terres en une zone d'activités sur laquelle s'étaient installés les bureaux de recherche-développement d'un important groupe industriel. En quelques mois, avec la venue de plusieurs centaines d'ingénieurs, de cadres administratifs, Ambrinieux s'était davantage transformé qu'au cours des vingt siècles précédents. Il avait fallu construire des pavillons, tracer des routes, édifier des écoles, des équipements sportifs, culturels, faire venir des commerçants... Le vieux Philippe de Cambon qui gérait la commune en bon père de famille, c'est-à-dire en privilégiant ses poches et ses proches, s'était rapidement heurté à ses propres limites. Lors des élections municipales précédentes, il s'était trompé d'époque, limitant son discours à un paternalisme passé de mode. En face, à la tête d'une liste baptisée « Ambrinieux 2000 » et composée d'une majorité de nouveaux habitants, Éric Marbel n'avait eu aucun mal à le battre dès le premier tour. Pour être tout à fait franc, j'avais voté pour lui. Je n'avais pas eu à le regretter : en six ans, le bourg endormi s'était métamorphosé en une petite ville sur laquelle lorgnaient les bourgeois d'Arras comme de Lille. Promenades aménagées, parcours du cœur, golf, centre équestre, tennis, étang... En cinq ans, dans le secteur, la valeur des maisons avait fait la culbute. Dans les vieilles fermes du centre-ville, on expérimentait cet étrange sentiment, mélange de volupté et d'horreur, qui naît à l'idée d'être assujetti à l'impôt sur la fortune. Quelques heures plus tôt, tout le monde s'accordait pour penser que le renouvellement de son mandat ne serait qu'une formalité. D'autant que les Cambon avaient jeté l'éponge et que son seul adversaire était un socialiste affligé d'une malencontreuse ressemblance avec Lionel Jospin. C'était sans compter sur le destin qui cette fois, d'après ce qu'on m'en avait dit au téléphone, avait pris la forme d'une balle de pistolet... Je m'étais garé près de la mairie dont l'horloge indiquait qu'on venait de changer de jour depuis dix minutes. Un projecteur éclairait la charpente en bois nordique de la toute nouvelle halle du marché dont l'inauguration était prévue pour la semaine suivante. Le premier adjoint, Bertrand Lecharme, se précipita vers moi dès qu'il m'aperçut. C'était le seul « ancien » d'Ambrinieux à avoir rejoint Marbel dès le début. Je le connaissais depuis toujours et, malgré les trois années qui nous séparaient, il était mon cadet, nous avions fréquenté ensemble l'école communale. Ses parents tenaient le garage Citroën de la route de Douai, jusqu'à ce qu'il baisse le rideau. Je serrai la main qu'il me tendait.

— Il est où ?

Il désigna l'arrière du bâtiment d'un mouvement du menton.

— Dans le local à poubelles... Normalement la porte est toujours fermée à clef... C'est ce qui m'a intrigué...

— C'est toi qui l'as découvert ? Tu passais par hasard ?

Je remarquai qu'il avait détourné les yeux pour me répondre. Je l'avais suivi le long de la halle.

— Oui... enfin, non...

— Faudrait savoir...

— Nous nous sommes quittés vers onze heures,

après la réunion publique dans la salle du conseil. J'ai fait un saut chez lui, j'avais quelque chose d'important à lui demander… Sa femme m'a dit qu'il était allé faire un tour à l'intérieur du marché pour vérifier que tout était conforme.

— Une visite technique à plus de onze heures ! Tu sais si ça lui arrivait souvent ?

Bertrand avait haussé les épaules.

— Le boulot de maire, il y consacrait toute sa vie. Des fois, je recevais des coups de fil à trois heures du matin… Il voulait connaître le montant exact d'un appel d'offre, faire le point sur les projections démographiques de la population dans les prochaines années…

Je lui avais pris le bras quand il voulut saisir la poignée de la porte.

— Attends, il y a peut-être des empreintes…

— Dans ce cas, ce sont les miennes : je l'ai touchée tout à l'heure, pour entrer…

La pièce, une quinzaine de mètres carrés éclairés au néon, sentait la poudre et le béton frais. Quatre gros conteneurs à roulettes occupaient l'essentiel de l'espace. Éric Marbel était assis dans un coin, sous une trace de sang qui griffait le mur. Il avait apparemment été tué debout et s'était lentement affaissé. Je m'approchai.

— Qu'est-ce qu'il a dans la bouche ?

— Je ne sais pas, je n'ai pas regardé… On dirait du papier…

Je m'étais agenouillé pour desserrer ses mâchoires,

libérant un flot de sang. Il avait fallu que je surmonte mon dégoût pour saisir la feuille roulée en boule logée dans la cavité buccale. Bertrand s'était penché au-dessus de mon épaule quand je l'avais dépliée.

— On dirait que c'est un exemplaire de notre profession de foi…

Le visage rayonnant d'Éric Marbel, strié de filets rougeâtres, côtoyait son slogan de campagne : « L'avenir à portée de main », surmontant la liste de ses engagements électoraux : « *Équipement des services municipaux en énergie renouvelable, création d'un centre de loisirs maternel, confirmation de la transformation du centre-ville en zone piétonnière après la période d'essai de trois mois, embauche de deux policiers municipaux, service de navette gratuite pour les personnes âgées, exemption de taxe professionnelle pour l'extension du centre de recherches…* »

— Qu'est-ce que ça signifie ?

J'avais plié la feuille pour la glisser dans ma poche de veste.

— Que le crime est en rapport avec l'élection de dimanche prochain ou que l'assassin a tout intérêt à nous le faire croire… Tu étais au meeting, tout à l'heure… Comment ça s'est passé ? Il n'y a pas eu d'incident ?

— Pas vraiment. Les jeux sont faits depuis longtemps. Les pointages des renseignements généraux nous donnaient entre soixante et soixante-dix pour cent. En face, tout le monde s'est résigné à notre victoire…

— Je te connais bien Bertrand, et je sais que tu es incapable de mentir. Tu n'as pas dit « oui », tu n'as pas dit « non ». Alors j'aimerais bien savoir ce que tu entends par « pas vraiment ».

Ses joues s'étaient colorées de rose.

— On ne peut pas parler d'incident… Tout au plus d'un accrochage.

— Je t'écoute…

— Éric a présenté son programme en détail pendant près d'une heure. Ensuite, il a sollicité les avis ou les questions du public avant d'inviter les personnes présentes à se diriger vers le buffet. Je remplissais les verres quand un type s'est approché du maire pour s'entretenir avec lui. Le ton est monté d'un coup. Il s'est mis à traiter Éric de tous les noms, à lui reprocher d'avoir viré son fils et de s'en mettre plein les poches… Jérôme Frigeant, l'adjoint aux sports, qui est surtout prof de judo, l'a maîtrisé et l'a raccompagné jusqu'à la porte.

Pendant qu'il parlait, j'avais sorti mon calepin.

— Ce type, il n'arrivait pas de la planète Mars. C'est qui ?

— Norbert Dugayet, un neveu des Cambon… La grosse ferme, au carrefour de la Patte-d'Oie…

En sortant, je levai les yeux sur un réverbère équipé d'une caméra en forme de boule.

— Le système de vidéo-surveillance est opérationnel ?

— Oui, mais si l'assassin est arrivé par-derrière, il était dans un angle mort…

— On peut aller jeter un œil. Le central est en mairie ? On peut voir ?

— Il y a un problème…

— Comment ça, un problème ? Vous avez bien un gus qui pilote toutes vos caméras. Il suffit de lui demander de nous repasser le film…

— On a basculé en mode automatique depuis trois mois. Il ne se passe jamais rien à Ambrinieux. On s'est dit que ce n'était pas la peine de payer des vigiles à s'esquinter les yeux sur les écrans alors que les gens se satisfaisaient de la seule présence des caméras…

— Tu veux dire que c'est du bidon, qu'il n'y a rien dans les machines !

Bertrand avait agité la tête, nerveusement.

— Mais non, c'est numérisé. Je ne sais pas comment ça fonctionne. On appellera la boîte de sécurité dans la matinée, d'accord ?

Je restai encore un quart d'heure aux abords de la halle, le temps que l'identité judiciaire fasse son boulot, que l'on emmène le corps de Marbel pour l'autopsie, puis je dirigeai mes pas vers la maison imposante qu'il avait fait construire à son arrivée à Ambrinieux, près d'un terrain en jachère qui s'était transformé en golf. Sa femme avait passé un tailleur noir comme pour indiquer qu'elle s'était déjà installée dans son rôle de veuve. Un collier de perles ornait son cou et invitait à admirer plus que la naissance de sa poitrine. Elle sortait un mouchoir brodé de sa manche, à intervalles réguliers, pour sécher les larmes qui perlaient à ses yeux. Elle s'assit sur l'accoudoir du canapé et le crissement de ses bas, quand elle croisa les jambes, m'obligea à respirer profondément. J'eus l'impression, en déglutissant, que le mouvement de ma pomme d'Adam provoquait un bruit de machinerie d'ascenseur.

— Lieutenant de police Homécourt... Je suis vraiment désolé de vous rencontrer dans de pareilles circonstances...

Je réalisai, à son froncement de sourcils, que la formule n'était pas la mieux appropriée.

— Je vous remercie... Vous avez une idée de celui qui a commis cet acte insensé ?

— Non... Je m'apprêtais à vous poser la même question, à vous demander si votre mari avait été l'objet d'intimidations, s'il se sentait menacé...

Je détournai le regard quand elle se pencha pour prendre un paquet de cigarettes sur la table basse.

— Je n'en ai pas le souvenir... Il nous arrivait de discuter de ses projets pour la ville, mais il me tenait à l'écart de ses problèmes.

— C'est donc qu'il en avait... Quel genre ?

Elle s'était cachée derrière ses volutes de fumée.

— Comme tout le monde. Ni plus, ni moins...

Elle s'était déplacée vers le téléphone qui s'était mis à sonner, l'avait décroché, s'était tournée vers moi :

— C'est le père d'Éric. Il appelle depuis New York...

— Je vous laisse... Nous reprendrons cette conversation plus tard...

Je pris la voiture pour filer vers la Patte-d'Oie, un hameau serré autour d'une des fermes du clan des

Cambon, à l'ouest d'Ambrinieux. Norbert Dugayet regardait un western avec Gary Cooper, sur le câble. Il m'attendait.

— J'ai reçu au moins cinq appels pour m'annoncer la nouvelle. Et comme je suis allé engueuler publiquement la victime une heure avant le crime, je me doute que je figure en bonne place sur la liste des suspects…

— On ne peut rien vous cacher… Vous lui avez reproché quoi, au juste ? De s'être débarrassé de votre fils, de confondre la caisse de la mairie avec la sienne, c'est bien ça ?

Il avait baissé le son, avec la télécommande, alors que ça s'entretuait salement dans la rue principale d'Hadleyville, à deux pas de la gare.

— J'aurais dû m'abstenir d'aller à cette réunion, mais il refusait de me recevoir depuis des semaines. Je me suis bêtement emporté…

— Que s'est-il passé avec votre fils ?

— Les terrains sur lesquels le golf est installé appartenaient à notre famille. Nous les avons cédés pour un prix très avantageux. En contrepartie, un accord conclu avec la mairie stipulait que mon fils assurerait la gestion de l'équipement en qualité de directeur. Marbel est revenu sur sa parole en faisant adopter un nouveau règlement par sa bande, lors du dernier conseil municipal. Avec un de ses fidèles lieutenants, Bertrand Lecharme, à la place de mon fils…

Je me fis la réflexion que mon vieux copain d'école s'était bien gardé de m'en avertir.

— Je comprends que vous ayez du mal à l'accepter,

mais c'est tout à fait légal. Cela ne vous autorisait pas à prétendre qu'Éric Marbel se servait des deniers publics à son profit. On pourrait imaginer que votre famille ne supporte toujours pas d'avoir été écartée des affaires...

Il fit un effort pour se détourner des images du duel final.

— Vous faites fausse route, lieutenant. Je n'ai pas de preuves à vous fournir, seulement ma parole. Plusieurs entrepreneurs qui travaillent avec la mairie m'ont fait des confidences sur la manière dont ils obtiennent les marchés. Ils soumissionnent au plus juste en étant certains que le conseil votera une ou deux rallonges au cours des mois suivants. En échange, ils versent leur obole en liquide entre les mains de Marbel. Ni vu, ni connu...

— C'est bien là le problème ! Qu'est-ce que vous avez fait après avoir été éjecté de la salle du conseil par Bertrand Lecharme ?

D'une pression du pouce, il augmenta le volume sonore de la télé et me répondit en étouffant sa propre voix :

— J'ai rendu visite à une amie. J'avais besoin de parler, pour me calmer les nerfs...

— Je me doute que je suis indiscret, mais il me faudrait son nom...

— On était ensemble quand on a reçu le premier coup de fil nous prévenant du meurtre...

— Oui, sauf que ça ne me donne pas son identité.

Il lorgna vers la porte du salon puis souffla comme

un plongeur qui revient à la surface après avoir touché le fond :

— Claire Janville…

Ce fut à mon tour d'accuser le coup.

— Claire Janville ! Mais c'est la secrétaire de Marbel !

Avant de mettre le contact, je restai assis au volant, dans la cour de la ferme, le temps de réfléchir. Il était évident que les informations dont disposait Norbert Dugayet ne résultaient pas de révélations spontanées faites par des industriels corrompus. Il avait eu l'élégance de mentir pour épargner Claire. Elles lui parvenaient directement du bureau du maire. Son esclandre, lors de la réunion de ce soir, ne pouvait que mettre cette source en danger ainsi que les généreux « donateurs ». Je me résignai à démarrer pour prendre la voie de contournement d'Ambrinieux mise en service après que Marbel eut transformé le centre-ville en secteur piétonnier. Huit ans. Cela faisait huit ans, déjà, que j'étais venu pour la dernière fois au Vieux-Moulin… À l'époque, je ne m'annonçais pas en appuyant sur la sonnette… C'est elle qui vint m'ouvrir, vêtue d'un peignoir en soie décoré de motifs japonais. Elle avança la tête, les lèvres pour m'embrasser.

— J'étais à deux doigts d'aller me coucher… Je me disais que tu n'étais pas pressé de me revoir.

— J'aurais préféré que ce soit dans d'autres circonstances.

Je pénétrai dans la vaste salle de séjour dont la baie vitrée donnait sur une piscine couverte qu'illuminait un projecteur coloré. Elle souleva la bouteille de mon whisky préféré qui était posée sur la table.

— Je te sers un verre ?

— Je suis hors service, désolé… Mon taux de cholestérol fait des bonds, rien qu'à lire les étiquettes.

Elle fut assez aimable pour sourire.

— Qu'est-ce que tu regardes ?

— La piscine… Avant, il y avait un cerisier, c'est bien ça ?

— Tu as bonne mémoire… Sinon, tu avances, pour Éric ?

— Oui, à part que je ne sais pas dans quelle direction je vais… Je viens d'avoir une longue conversation avec Norbert Dugayet. Il prétend qu'il était avec toi au moment de l'assassinat. Tu le confirmes ?

Une ombre furtive passa dans son regard.

— Oui… On se voit assez fréquemment depuis plusieurs semaines. Norbert est arrivé un peu après dix heures. Il était sur le point de repartir chez lui, à onze heures et demie, quand Lecharme m'a téléphoné depuis la halle du marché pour m'annoncer la nouvelle…

Je m'approchai de la fenêtre coulissante, m'adressant au reflet de Claire, sur la vitre.

— Le maire savait que tu fricotais avec le clan Cambon ?

— Sûrement pas. Il m'aurait jetée sur-le-champ !

— Tu t'entendais bien avec lui, pourtant…

— Qu'est-ce que tu insinues ? Il ne s'est jamais rien passé entre nous. On s'entendait bien jusqu'à ce qu'il pète les plombs et se mette à rançonner tous les fournisseurs.

— Je te remercie. Ce sera tout pour cette nuit. On se reverra demain…

Mes pensées flottaient dans l'obscurité, au-delà du faisceau des phares qui balayait la campagne endormie. Je connaissais Claire assez intimement pour ne pas être dupe de son jeu. Elle couchait avec son patron, jusque dans son bureau à la mairie, alors que nous étions encore ensemble. J'étais persuadé qu'une partie des commissions occultes avait atterri dans son porte-monnaie ou dans son jardin, sous forme de piscine. Pour une raison que j'ignorais, Éric Marbel avait fermé le robinet. Elle s'était vengée en allant pleurer dans le giron de Norbert Dugayet à qui elle garantissait un alibi en béton pour l'heure du meurtre ! Du beau boulot…

Avant de me coucher, je sortis la profession de foi maculée de sang de mon portefeuille. Je la lissai sur la table, fixant le regard satisfait de Marbel. Je me mis à relire son programme : « *Équipement des services municipaux en énergie renouvelable, création d'un centre de loisirs maternel, confirmation de la transformation du centre-ville en zone piétonnière après la période d'essai de trois mois, embauche de deux policiers municipaux, service de navette gratuite pour les personnes âgées, exemption de taxe professionnelle pour l'extension du centre de recherches…* » Je m'aperçus que plusieurs mots avaient été soulignés au crayon : « *confirmation de la transformation du centre-ville en zone piétonnière*

après la période d'essai de trois mois ». Je réglai le radio-
réveil sur sept heures et j'eus l'impression, quand il se
mit à sonner, que je venais à peine de le reposer sur la
table de nuit. Trois cafés plus tard, je m'engageai sur
la nationale en direction d'Ambrinieux. L'équipe de
FR3 rôdait déjà dans les parages. Le journaliste, un
fils de sénateur parachuté depuis Paris, tenta de me
piéger en m'entraînant à l'écart tandis que son came-
raman faisait semblant de recharger son appareil.

— Tu me prends pour un con ?

— Je n'oserais pas, lieutenant…

— Presque pas ! Le coup du scotch noir sur le témoin de mise en marche, ça commence sérieusement
à dater…

Bertrand Lecharme m'attendait dans le hall de la
mairie en compagnie d'un type qu'on aurait pu croire
sorti du bagne s'il n'avait porté un uniforme de vigile.
Nous montâmes au premier étage. La logistique tenait dans une pièce d'une dizaine de mètres carrés. Un
pupitre envahi de boutons, une quinzaine d'écrans di-
visés par quatre.

— On voudrait visionner les séquences enregistrées
par les caméras disposées sur les places de la mairie et
du marché, cette nuit, entre dix heures et demie et
onze heures et demie…

Le bouledogue commença à pianoter en faisant cli-
queter la ferraille passée autour de ses poignets.

— Je balance sur les écrans deux à six… Si vous
voulez un agrandissement ou un arrêt sur image, il suffit de me donner le numéro qui vous intéresse…

Je balayai les rectangles du regard pendant un quart d'heure sans rien noter d'intéressant jusqu'à ce que la porte de l'hôtel de ville s'ouvre de l'intérieur et que Jérôme Frigeant, le deuxième adjoint, n'expulse Norbert Dugayet. Quelques instants plus tard, les participants à la réunion électorale étaient sortis à leur tour, puis les lumières s'étaient éteintes. Le maire était resté seul sur le parking. Il s'apprêtait à monter dans sa voiture quand il avait tourné la tête, comme si quelqu'un l'interpellait. Il s'était ensuite dirigé vers l'arrière de la halle du marché, là où se trouve le local à poubelles dans lequel Bertrand avait découvert son corps.

— Vous pouvez revenir en arrière avec la trois… Merci… La personne vers laquelle il marche est là, dans l'ombre… On distingue une silhouette… Vous pouvez agrandir au maximum en forçant sur la luminosité ?

Le résultat de la manipulation ne nous permit pas d'en apprendre davantage. Il ne se passa rien au cours des trois minutes suivantes, jusqu'à ce qu'une voiture débouche de l'angle mort et contourne la mairie. Un gros plan sur le véhicule mit en évidence une Renault Mégane dont le numéro d'immatriculation se terminait par les lettres NF et le nombre 62. Une vérification expresse du fichier des cartes grises aboutit à dresser une liste de cinq véhicules dont l'un appartenait à un habitant d'Ambrinieux. Je toisai Bertrand.

— Tu as déjà entendu parler d'un certain Maurice Thénon ?

— Oui, mais ça m'étonnerait qu'il y soit pour quelque chose. C'est un retraité qui habite à la sortie de la ville, sur la déviation… Il est président de l'association philatéliste.

— Il faut se méfier des collectionneurs de timbres : Hitler et Staline faisaient partie de la confrérie ! Je pense que je vais aller lui rendre visite…

La maison des Thénon se dressait au bord de la route, à moins d'un kilomètre de la mairie, après le nouveau rond-point. Une vieille femme apparut sur le seuil quand je tirai sur le cordon de la cloche accrochée à la grille. Un berger souffreteux essaya de se dresser sur ses pattes et d'aboyer. Je traversai l'allée du jardin.

— Votre mari est ici ?

Elle n'eut pas le temps de répondre. Le retraité se tenait devant le cabanon où il entreposait ses outils.

— Approchez, je vous attendais…

Je fis mouvement vers lui, sous le regard triste de sa femme.

— Vous saviez que j'allais venir ?

— Vous ou un autre… La police en tout cas… Tenez, il est là, sur l'établi…

Je passai le seuil de la baraque et pointai le doigt vers le Lüger posé près de l'étau.

— Belle pièce ! Il sort d'où ?

— Je l'ai récupéré près du corps d'un soldat allemand en 1944… Je n'y avais pas touché depuis plus de soixante ans. Je ne sais pas ce qui m'a pris de l'emmener avec moi, hier. Sans ça, on se serait simplement engueulés, rien ne serait arrivé…

Je m'étais assis sur un tabouret en rondins.

— Vous lui en vouliez pour quelle raison à Marbel ? Qu'est-ce qu'il vous avait fait ?

Il s'était retourné pour me montrer un camion qui passait devant son pavillon.

— Ça ! C'est le défilé toute la journée depuis qu'il a dévié la circulation pour que les gens du bourg se baladent à pied dans les rues ! Leur tranquillité, c'est nous qui la payons avec nos nerfs... Je voulais lui demander de revenir sur sa décision, mais il m'a dit qu'il fallait vivre avec son temps, m'a traité de vieux fou opposé au progrès... La colère m'a pris et tout s'est embrouillé dans ma tête... Quand j'ai repris mes esprits, il glissait contre le mur du local à poubelles...

Le plus difficile de tout, ç'avait été de décrocher les doigts de la vieille du bras de son mari quand il avait fallu l'emmener. Le vendredi, toute la ville marchait en traînant les pieds derrière le cercueil du bienfaiteur d'Ambrinieux. Deux jours plus tard, il était élu avec près de quatre-vingt-cinq pour cent des suffrages, la loi permettant à une équipe de conserver une tête de liste disparue si le décès avait eu lieu au cours de la semaine précédant le scrutin. La première décision du nouveau maire, Bertrand Lecharme, fut de donner le nom d'Éric Marbel à la nouvelle halle du marché. La deuxième de conserver Claire Janville dans ses fonctions de secrétaire particulière. L'avenir était plus que jamais à portée de main.

DÉCOUVREZ LES FOLIO 2 €

Parutions de septembre 2008

Patrick AMINE   *Petit éloge de la colère*
De la colère de Dieu à la colère d'Achille, de la chaussure de
Khrouchtchev à l'O.N.U au « coup de boule » de Zidane, Patrick
Amine, au gré de ses lectures et de ses rencontres, nous entraîne dans
une explosion de fureur.

Élisabeth BARILLÉ   *Petit éloge du sensible*
Avec Élisabeth Barillé, découvrez qu'en se détachant des choses on
se rend plus sensible aux plaisirs qu'elles procurent, apprenez que la
liberté, c'est de savoir reconnaître et goûter l'essentiel…

COLLECTIF   *Sur le zinc*
De Rimbaud à Queneau, en passant par Zola et Blondin, accoudez-
vous au comptoir avec les plus grands écrivains.

Didier DAENINCKX   *Petit éloge des faits divers*
Récits d'événements considérés comme peu importants, les faits
divers occupent pourtant une large place dans nos journaux et notre
vie. Dans ces petites histoires de tous les jours, Didier Daeninckx
puise l'inspiration pour des nouvelles percutantes et très révélatrices
de notre société.

Francis Scott FITZGERALD   *L'étrange histoire de Benjamin
                                 Button* suivi de *La lie du bonheur*
Sous la fantaisie et la légèreté perce une ironie désenchantée qui place
Fitzgerald au rang des plus grands écrivains américains.

Nathalie KUPERMAN   *Petit éloge de la haine*
À faire froid dans le dos, les nouvelles de Nathalie Kuperman ont toutes le même thème : la haine. Haine de soi comme haine des autres, la
haine ordinaire, banale et quotidienne qui peut faire basculer une vie.

LAO SHE   *Le nouvel inspecteur* suivi de *Le
                                 croissant de lune*
Avec un humour et une tendresse non dépourvus de cruauté, Lao She
fait revivre une Chine aujourd'hui disparue.

Guy de MAUPASSANT   *Apparition et autres contes de
                                 l'étrange*
Des cimetières aux châteaux hantés, Maupassant nous attire aux
confins de la folie et de la peur.

Marcel PROUST   *La fin de la jalousie* et autres nou-
                                  velles

Mondains, voluptueux et cruels, les personnages de ces nouvelles de
Proust virevoltent avec un raffinement qui annonce les héros d'*À la
recherche du temps perdu.*

D.A.F. de SADE   *Eugénie de Franval*

Avec *Eugénie de Franval*, le « divin marquis » nous offre l'histoire tragi-
que d'un amour scandaleux.

T. JONQUET	*La folle aventure des Bleus...* suivi de *DRH* (Folio n° 3966)
F. KAFKA	*Lettre au père* (Folio n° 3625)
J. KEROUAC	*Le vagabond américain en voie de disparition* précédé de *Grand voyage en Europe* (Folio n° 3694)
J. KESSEL	*Makhno et sa juive* (Folio n° 3626)
R. KIPLING	*La marque de la Bête* et autres nouvelles (Folio n° 3753)
J.-M. LACLAVETINE	*Petit éloge du temps présent* (Folio n° 4484)
LAO SHE	*Histoire de ma vie* (Folio n° 3627)
LAO-TSEU	*Tao-tö king* (Folio n° 3696)
V. LARBAUD	*Mon plus secret conseil...* (Folio n° 4553)
J. M. G. LE CLÉZIO	*Peuple du ciel* suivi de *Les bergers* (Folio n° 3792)
J. LONDON	*La piste des soleils* et autres nouvelles (Folio n° 4320)
P. LOTI	*Les trois dames de la Kasbah* suivi de *Suleïma* (Folio n° 4446)
H. P. LOVECRAFT	*La peur qui rôde* et autres nouvelles (Folio n° 4194)
H. P. LOVECRAFT	*Celui qui chuchotait dans les ténèbres* (Folio n° 4741)
P. MAGNAN	*L'arbre* (Folio n° 3697)
K. MANSFIELD	*Mariage à la mode* précédé de *La Baie* (Folio n° 4278)
MARC AURÈLE	*Pensées (Livres I-VI)* (Folio n° 4447)
MARC AURÈLE	*Pensées (Livres VII-XII)* (Folio n° 4552)
G. DE MAUPASSANT	*Le Verrou* et autres contes grivois (Folio n° 4149)
I. McEWAN	*Psychopolis* et autres nouvelles (Folio n° 3628)

G. SAND	*Pauline* (Folio n° 4522)
B. SANSAL	*Petit éloge de la mémoire* (Folio n° 4486)
J.-P. SARTRE	*L'enfance d'un chef* (Folio n° 3932)
B. SCHLINK	*La circoncision* (Folio n° 3869)
B. SCHULZ	*Le printemps* (Folio n° 4323)
L. SCIASCIA	*Mort de l'Inquisiteur* (Folio n° 3631)
SÉNÈQUE	*De la constance du sage* suivi de *De la tranquillité de l'âme* (Folio n° 3933)
D. SHAHAR	*La moustache du pape* et autres nouvelles (Folio n° 4597)
G. SIMENON	*L'énigme de la* Marie-Galante (Folio n° 3863)
D. SIMMONS	*Les Fosses d'Iverson* (Folio n° 3968)
J. B. SINGER	*La destruction de Kreshev* (Folio n° 3871)
P. SOLLERS	*Liberté du XVIIIème* (Folio n° 3756)
G. STEIN	*La brave Anna* (Folio n° 4449)
STENDHAL	*Féder ou Le Mari d'argent* (Folio n° 4197)
R. L. STEVENSON	*La Chaussée des Merry Men* (Folio n° 4744)
R. L. STEVENSON	*Le Club du suicide* (Folio n° 3934)
I. SVEVO	*L'assassinat de la Via Belpoggio* et autres nouvelles (Folio n° 4151)
R. TAGORE	*La petite mariée* suivi de *Nuage et soleil* (Folio n° 4046)
J. TANIZAKI	*Le coupeur de roseaux* (Folio n° 3969)
J. TANIZAKI	*Le meurtre d'O-Tsuya* (Folio n° 4195)
A. TCHEKHOV	*Une banale histoire* (Folio n° 4105)

Composition Nord Compo
Impression Novoprint
à Barcelone, le 13 août 2008
Dépôt légal : août 2008

ISBN 978-2-07-035630-0./Imprimé en Espagne.